Angstlust
Bis an ihr Lebensende

Danksagung

Was wäre ein Märchenonkel ohne die Menschen, die ihn inspirieren und unterstützen und die verhindern, dass man immer wieder in den Dornröschenschlaf fällt? Deshalb vielen Dank an mein Burgfräulein Yvonne, die mir auch dieses Mal bei der Covergestaltung sehr geholfen hat und die viel Geduld mitgebracht hat, wenn ich geistig mal wieder in völlig andere Sphären abgedriftet bin. Danke auch an meine märchenhaften Eltern für ihre Begeisterung, Motivation und Unterstützung, unserem spanischen Zauberhund Joana, die ein magisches Talent dafür besitzt einen regelmäßig wieder an die frische Luft zu zwingen.

Ich danke auch Marconiac, Horrorcocktail, Rookie-Nightmare und der restlichen Community des Deutschen Creepypasta Wikis für ihr Feedback und ihre Motivation, sowie all den Vertonern dort draußen, die sich schon mal der ein oder anderen dieser Geschichte angenommen haben und selbstverständlich auch den lieben Menschen in meinem digitalen und physischen Leben, die dafür sorgen, dass mein Leben nie so düster wird, wie in meinen Geschichten.

Christian Witt

Angstlust
Bis an ihr Lebensende

Bibliografische Information der Deutschen Nationalbibliothek:
Die Deutsche Nationalbibliothek verzeichnet diese Publikation
in der Deutschen Nationalbibliografie; detaillierte bibliografische
Daten sind im Internet über http://dnb.dnb.de abrufbar.

Umschlagmotiv: #182947618 – Dark magic forest © Elena
Schweitzer / Fotolia

Umschlaggestaltung: Yvonne Witt

Herstellung und Verlag: BoD – Books on Demand,
Norderstedt

ISBN: 978-3-7481-6592-7

Inhaltsverzeichnis

Vorwort

Märchen und Horror. Passt das überhaupt zusammen? Sind Märchen nicht diese verträumten Geschichten von tapferen Rittern, freundlichen Elfen, holden Jungfrauen und weisen Königen, die wir unseren Kindern vorlesen, damit sie nachts besser schlafen und sich beruhigt und geborgen ins Traumland begeben können? Ähh ... Nein! Jedenfalls nicht ausschließlich. In Märchen wird gemordet, gefoltert, vergewaltigt und überhaupt eine ganze Menge kranker und menschenverachtender Unsinn angestellt. Da werden alte Frauen gebacken, Bäuche aufgeschlitzt, Menschen und andere Wesen für Nichtigkeiten verurteilt, eingesperrt und umgebracht. Neben diesen offensichtlichen Darstellungen von Gewalt, die genauso zu vielen (wenn auch nicht allen) Märchen gehört, wie der strahlende Held haben Märchen aber noch etwas anderes mit Horror gemein. Denn beide Genres leben vom mystischen und Unbekannten. Sie ziehen ihre Faszination aus den tiefen Schatten, die die Profanität unseres tägliches Leben wirft und verstecken sich in tiefen Wäldern und Höhlen vor den Scheinwerfern unserer Vernunft. Jedenfalls so lange, bis jemand mutig genug ist, sie dort aufzuspüren.

Auch die Geschichten im zweiten Teil von Angstlust stellen sich in gewisser Weise in diese Tradition und obwohl sie zu verschiedenen Zeiten und nicht immer im tiefsten Mittelalter spielen, so speisen sie sich doch stets aus den tiefsten Schatten.

Feenwelt

Wieder ein Tag geschafft. Ein Tag voller kleiner Erfolge und Fehlschläge, voller Diskussionen, Konzepte, Analysen, Kaffee und hastig reingezogenen Brötchen. Wieder ein Tag für die Tonne. Ein Tag, der von der einst so langen Straße meines Lebens abgeschnitten wurde und der nun nie wieder kommt. Ich war noch nicht alt. Gerade einmal Anfang dreißig. Aber ich spürte bereits, wie mir das Leben Tag für Tag entglitt. Ich wollte doch eigentlich so viel schaffen und erreichen. Große Dinge. Coole Dinge. Verrückte Dinge. Stattdessen kam es mir so vor, als würde ich mir nur die Zeit bis zum unausweichlichen Ende vertreiben.

Dabei hatte ich eigentlich objektiv gesehen nichts zu meckern. Ich hatte genügend Geld, genügend zu Essen – was ja auch nicht jeder Mensch auf dieser Welt von sich behaupten kann – eine nette Wohnung, eine nette Freundin und sicher auch nicht den allerschlimmsten Job der Welt. Alles war OK. Besonders dann, wenn man diese zwei Buchstaben als Kürzel nahm: Ohne Kitzel.

Wenn ich aufstand, wusste ich schon ungefähr, wie der Rest des Tages ablaufen würde. Es gab da kleinere Variationen, aber sie bedeuteten nicht viel. Die großen Visionen meiner Jugend waren fort. Aber selbst sie würden mich nicht unbedingt reizen. Erfolg, Berühmtheit, Reichtum – all diese Dinge waren unterm Strich auch nur gewöhnlich.

Wenn ich wirklich einen Wunsch freihätte, würde ich gerne in eine andere Welt eintauchen. Nicht nur in einem Buch oder im Film und auch nicht mit einer VR-

Brille, sondern in Fleisch und Blut. In eine dieser abgefahrenen Welten wie Mittelerde, Narnia, Westeros oder in eine völlig andere und noch nie dagewesene. Hauptsache es gab dort Dinge zu erleben und zu sehen, die es hier nicht gab.

Aber auch wenn ich diesen Traum bereits so oft geträumt hatte – wach genauso wie im Schlaf – war er bisher nicht in Erfüllung gegangen. Kein geheimes Tor hat sich geöffnet und keine unsichtbare Tür in eine Zauberwelt hatte sich mir …

Moment mal. Was war das? Direkt an der gegenüberliegenden Wand meines Schlafzimmers sah ich nun tatsächlich ein großes schillerndes blaues Oval. Es war ungefähr so groß wie ein Mensch. Ich rieb mir die Augen und kniff mir in die Hand für den Fall, dass ich in irgendeinen seltsamen Wachtraum geraten war. Aber das Tor war noch immer dort, wo es zuvor gewesen war. Ich träumte also nicht. Falls ich nicht verrückt geworden war – und ich wollte den Gedanken angesichts all der nervigen Routine in meinem Leben nicht einmal ausschließen – sah ich das hier wirklich.

Vorsichtig trat ich näher. Das Licht blendete mich, aber trotzdem glaubte ich dort eine Wiese zu erkennen. Und dahinter ein kleines Wäldchen. Und das, obwohl ich hier mitten in der Betonwüste der Großstadt wohnte. Außerdem waren dort Stimmen. Hohe Stimmen, kichernde Stimmen und das summende Geräusch von Bienen. Und auch Gerüche konnte ich wahrnehmen. Es roch nach saftigem Gras, nach Honig und Blüten und nach vielen Düften, die ich nicht wirklich zuordnen konnte und die ich noch nie zuvor gerochen hatte.

Konnte es wahr sein? Hatte mir irgendeine gnädige

Macht wirklich ein Tor in eine andere Welt geschickt? Worauf wartete ich dann noch? Wenn sich das Tor wieder schloss, wäre diese Gelegenheit für immer und ewig dahin. Das würde ich mir nie verzeihen. Klar, ich wusste nicht, was mich auf der anderen Seite erwarten würde. Vielleicht war dort alles giftig. Vielleicht konnten Menschen dort nicht überleben oder es wimmelte von fleischfressende Monstern. Aber konnte all das wirklich Schlimmer sein als ein weiterer Tag im Büro?

Also glitt ich durch die Tür, die sich weich und auch ein wenig schmierig anfühlte. Sie erinnerte mich ... ja. Eindeutig. Sie erinnerte mich an Seifenblasen. Sie roch auch genauso. Wie der Geruch aus meiner Kindheit, als ich unsere Nachbarn von unserem Balkon aus mit einem nie abreißenden Strom von Seifenblasen genervt hatte, der Zielsicher auf ihrem Grillgut gelandet war.

Einen Moment lang hielt die schmierige Substanz meinen Bemühungen hindurchzugelangen stand, dann stand ich plötzlich auf einer Wiese. Die Sonne schien heiß auf meinen Rücken. Der Himmel war hier viel blauer als zu Hause und sah ein wenig wie Wasserfarbe aus. Kleine getupfte Wolken zogen darauf ihre Bahn. Das Gras, auf dem ich lief schien ebenfalls aus Farbe zu bestehen. Bei jedem Schritt verschmierte es und hinterließ Flecken auf meiner grauen Jeans, nur um sich kurze Zeit später wieder aufzurichten als hätte ich es nie berührt. Überall im Gras schwebten kleine Seifenblasen. Instinktiv versuchte ich, sie nicht zu zertreten, um diese überirdische Schönheit nicht zu stören. Aber als ich dann versehentlich doch auf eine trat, zerplatzte sie nicht, sondern sprang einfach davon wie ein fester durchsichtiger Plastikball.

Während ich so durch diese Seifenblasenwiese aus Wasserfarben schritt, schaute ich mir die Landschaft genau an. In der Ferne zu meiner Linken floss ein glitzernder silberner Fluss – nicht silbern glänzend, sondern wirklich aus Silber. Die Sonne am Himmel sah ebenfalls wie gemalt aus und blendete mich beim Betrachten nicht. Zu meiner Rechten erstreckte sich ein Wäldchen aus bunten Obstbäumen und aus blauen, blutroten und zitronengelben Tannen und Fichten. Als ich aber geradeaus schaute, sah ich ein Schloss, das in düsteren Schwarz- und Brauntönen gemalt war und auf das gelegentlich Blitze hinabzuckten.

Ich atmete tief ein und sog die würzige Luft in mich auf, die nach Natur, Sommer, Seifenblasen und einem Hauch von Wasserfarbe duftete. Ich schloss die Augen und genoss diesen Moment, wie ich seit Jahrzehnten nichts mehr genossen hatte. Wie hatte ich eine solche Chance herbeigesehnt. Und nun war sie endlich da. Wie ich da so stand verstrichen sicher fünf Minuten oder mehr in denen ich einfach nur das seltsame Sonnenlicht auskostete, das zwar warm war, aber nie zu heiß wurde und die wundersamen Düfte dieser Welt in mich aufsaugte. Ich wollte hier nicht mehr weg. Sollten sie doch morgen im Büro ohne mich klar kommen.

Plötzlich spürte ich etwas Nasses und Weiches an meiner rechten Hand. Erschrocken zuckte ich zurück und öffnete wieder meine Augen. Vor mir stand ein kleines Fohlen und leckte mir die Hand. Zwei weitere seiner Geschwister standen ein paar Meter weiter bei zwei großen Pferden, die anscheinend die Eltern waren. Allerdings waren es keine gewöhnlichen Pferde. Sie bestanden vollkommen aus Seifenblasen. Ihre Körper, ihre Augen, sogar ihre Mähne. Trotzdem waren es richtige Pferde. Jedes Detail stimmte, auch wenn sie beinah durchsichtig waren. Das kleine Fohlen kam mir noch näher und leckten weiter an meiner Hand. Ich kraulte mit der anderen Hand vorsichtig seine Mähne und hatte erst Angst, dass ich das kleine Pferdchen zum Platzen bringen würde. Aber auch wenn es sich weich und nachgiebig anfühlte, so macht es doch keine Anstalten zu zerplatzen. Im Gegenteil: Mein Kraulen schien dem kleinen Kerl zu gefallen. Er wieherte aufgeregt, wobei weitere winzige Seifenblasen aus seinem Mund aufstiegen. Seine beiden Geschwister schauten zunächst zu ihren Eltern, als würden sie um Erlaubnis fragen und als diese bestätigende Kopfbewegungen gemacht hatten, machten auch sie sich zu mir auf. Kurze Zeit später war ich umringt von Seifenblasenfohlen und kam mit dem Streicheln und Kraulen nicht mehr hinterher.

Wie aufregend das war. Sollten andere sich doch mit E-Mails und Analysen beschäftigen, solange ich Seifenblasenpferde streicheln konnte.

„Blubbi, Blabbi und Blobbi! Bedrängte doch nicht wieder so unsere Gäste", hörte ich eine hohe und feine, aber auch tadelnde Stimme. Ich drehte mich in die Richtung, aus der ich sie gehört hatte und sah eine gut aussehende Frau mit hellblauen Haaren, gelber Haut, hellbraunen Hundebeinen und Füßen sowie einem Hundeschwanz vor mir. So langsam wurde es wirklich abgefahren.

Eigentlich sollte ich angesichts so einer Erscheinung verblüffter sein, aber die Frau passte einfach wunderbar in diese Szenerie. „Sind das ihre Namen?", fragte ich die

Hundefrau und zeigte dabei auf die drei kleinen Seifenblasenfohlen. Die Frau nickte. „Zumindest die, die wir ihnen geben. Ihre wirklichen Namen kann uns keiner mitteilen. Oder kannst du vielleicht Seifenblasisch?" sie sah mich aus hellblauen Augen an, in denen Glitzerstaub und kleine grüne Irrlichter tanzten. Ich schüttelte den Kopf. „Siehst du. Kann hier leider auch keiner. Jedenfalls haben sich die drei hier noch nie beschwert." Die Frau ging zu den Pferdchen und fütterte eines davon mit einer besonders saftigen Seifenblase, die sie aus dem grünen Gras hochhob. Das Pferdchen biss herzhaft zu und winzige Seifenblasen lösten sich dabei wie Krümmel aus der größeren Blase. Ihre grün-beschmierten Hände wischte die Frau einfach an meinem nagelneuen Shirt ab.

„Hey!", sagte ich. Sie zuckte nur mit den Schultern „Tut mir leid. Hatte leider kein Taschentuch und das Zeug krieg ich nie mehr aus dem Fell." Erst jetzt erkannte ich, dass sie gar keine gelbe Haut hatte und auch kein eng anliegendes T-Shirt trug, sondern am ganzen Oberkörper mit feinem gelben Fell bewachsen war. Vom Hals über den Busen bis hin zum Bauch.

„Gefällt dir, was du siehst?", fragte sie mich neckisch und ich wurde mir meines Starrens bewusst. Ich spürte wie ich errötete. „Sorry. Ich habe nur noch nie jemanden wie dich gesehen" stammelte ich verlegen und fühlte mich wie ein unreifer Schuljunge und nicht wie ein Mann von Anfang dreißig. „Wie? Du hast noch nie eine Frau gesehen?" erwiderte sie in einem völlig ernsten und skeptischen Tonfall.

Ich begann zu stottern. „Nein… Ich meine nur … Ich. Also..." Die Frau fing aus heiterem Himmel an zu Lachen. Ihr Atem roch dabei frisch nach Minze und nicht etwa nach Hundefutter, wie ich schon halb erwartet hatte.

„Und wie heißt du?"

„Illekardina. Und du, Bürschchen?"

„Thomas. Und ich bin kein Bürschchen. Ich bin 33 Jahre alt."

Illekardina sah mich lächelnd an. „Eben. Ein Bürschchen. Ich bin 131."

„Oh", antwortete ich. „Das sieht man dir gar nicht an."

Illekardina verbeugte sich theatralisch wie eine Schauspielerin. „Danke, oh galanter Thomas."

Dann wurde sie aber sofort wieder ernst „Aber ob Bürschchen oder nicht. Du musst uns helfen, Süßer!" Erst war ich verwirrt, aber dann schaltete ich schnell und zeigte auf die dunkle Burg in der Ferne. Immerhin hatte ich ja nun wirklich genug Fantasyfilme gesehen. „Deswegen?"
Illekardina nickte bedrückt. Plötzlich senkte sich ein schwarzbrauner Schatten über die Idylle. Die kleinen Seifenblasenpferde zitterten und liefen verängstigt zu ihren Eltern. Einige der Seifenblasen auf dem gemalten Rasen platzten und das Gras färbte sich braun und zerschmolz zu Schlamm. „Dort wohnt der alte Lord Grondar. Der Schrecken unserer Welt. Er quält uns,

lässt viele von uns in seinen Minen schuften, verschleppt alle in seine schrecklichen Kerker, die sich ihm widersetzen und hat uns unsere Freiheit und unseren Lebensmut gestohlen." Plötzlich rannen dicke Tränen über Illekardinas fellbedecktes Gesicht. Ich hasste es sie weinen zu sehen.

„Wirst du uns helfen Thomas?", fragte sie mich und setzte dabei wortwörtlich einen Hundeblick auf. Wie sollte ich da widerstehen?

„Natürlich. Gerne. Aber was kann ich schon tun? Er wird doch sicherlich sehr mächtig sein. Und ein Krieger bin ich auch nicht gerade."

Sie beäugte abschätzend meine schmalen Schultern. Und zog eine Augenbraue hoch, die sich dunkelbraun von ihrem feinen Gesichtsfell abhob. „Das vielleicht nicht. Aber du kommst aus einer anderen Welt und das allein kann genügen. Komm, ich bringe dich zu den Anderen."

Schon machte sie sich auf den Weg, ließ die Wiese und die Seifenblasenpferdchen hinter sich und achtete gar nicht darauf, ob ich ihr überhaupt folgte. Also winkte auch ich den Pferdchen zum Abschied und schloss zu ihr auf.

Der Weg zu „den Anderen" war nicht weit und da der düstere Himmel nach einiger Zeit wieder verschwunden war, war er auch recht idyllisch. Als wir an dem lilafarbenen Fluss vorbeikamen, merkte ich, wie durstig ich war und fragte Illekardina, ob man das Wasser hier trinken könne. Diese Frage schien sie zu beleidigen. „Was denkst du denn Bürschchen? Das hier ist ja auch nur das Köstlichste, was wir in unserer Welt haben. Und irgendwas müssen wir ja trinken. Oder etwa nicht? Sonnenlicht trinken wir jedenfalls nicht. Probier ruhig mal!"

Also trat ich näher und schöpfte mit der Hand etwas von der lilafarbenen Flüssigkeit in meinen Mund. Sie schmeckte süß nach Honig, Waldbeeren und einem Hauch von Minze, aber noch nach vielen anderen Aromen, die ich noch nie zuvor gekostet hatte. „Großartig, nicht?", fragte Illekardina mich. „Oh ja.", antwortete ich und holte mir noch etwas mehr. Gestärkt und erfrischt und mit dem leckeren Geschmack der Flüssigkeit in meinem Mund, war ich bald bereit wieder aufzubrechen. Plötzlich aber fühlte ich ein seltsames Ziehen und Reißen an meiner rechten Wange. Es war, als würde sie von irgendetwas heruntergezogen. Als ich sie anfasste, fühlte sie sich seltsam weich und teigig an. Panisch wandte ich mich an Illekardina: „Was ist mit meinem Gesicht! Hat das was mit diesem Wasser zu tun? Ist es giftig?" illekardina war empört. „Giftig? Wieso sollte ich dich vergiften wollen, du Idiot!" Sie knurrte bei diesen Worten und ihr Hundeschwanz peitschte aufgeregt hin und her. „Es liegt an Lord Grondar. An seiner dunklen Macht. Er sorgt für ... Veränderungen."

„Veränderungen?!", rief ich aufgebracht „Was für Veränderungen? Was ist nun mit meinem Gesicht?" Illekardina scharte verlegen mit den Pfoten. „An deinem Äußeren. Ein paar Kleinigkeiten. Nichts Wildes. Dein Gesicht ist ... ist noch immer schön." Das beruhigte mich kein bisschen. „Ich will mich sehen. Habt ihr hier irgendwo einen Spiegel?" Sie schüttelte den Kopf. „Spiegel gibt es nur in Lord Grondars Burg. Wenn du ihn bekämpfst, wirst du welche finden, mein Hübscher. Und nun komm. Die anderen warten schon."

15

Grübelnd, mies gelaunt und voller Angst um mein Aussehen ging ich weiter. Illekardina führte mich am Fluss entlang von dem ich keinen einzigen Schluck mehr trank, auch wenn sie tausendfach behauptete, dass er nicht gefährlich war. Ab und zu sprangen dort Fische heraus, um gleich wieder im Fluss zu verschwinden. Von diesen Fischen waren einige ziemlich normal, auch wenn sie gefiederte oder mit Echsenschuppen verzierte Flossen hatten. Manche waren Hautfarben wie Menschen, andere bestanden aus Legosteinen und wieder andere aus Schokolade. Sie alle aber lebten ganz offensichtlich.

An diesem wundersamen Anblick hätte ich mich sicher erfreut, wenn ich nicht plötzlich ein eigenartiges Kribbeln auf der Stirn wahrgenommen hätte, dass sich sehr schnell zu ganz intensiven Schmerzen auswuchs. Schlimmer als jede Migräne, die ich je erlebt hatte. Als ich wieder aufstehen konnte ich plötzlich den Himmel sehen. Und zwar sogar, wenn ich auf den Boden sah. Vorsichtig und ängstlich betastete ich meinen Kopf und entdeckte dort zu meinem Schrecken ein Auge, dass sich instinktiv schloss als mein Finger es berührte. Tränen rannen daraus hervor und liefen mein Gesicht herunter. „Um Gottes willen! Was ist das?"

„Veränderungen.", sagte Illekardina nur Schulterzuckend. „Wir müssen Grondar schnell töten, sonst wird es noch schlimmer." Mit offenem Mund starrte ich Illekardina an und glaubte kurz einen harten brutalen Zug, um ihren Mund zu erkennen. Auch der Himmel verdüsterte sich wieder für einen winzigen Moment. Dann war beides wieder vorbei und Illekardina wirkte so fröhlich und freundlich wie eh und je.

Als wir endlich ihre Freunde erreichten, die sich in einer kleinen zu einer Art Wohnung umgebauten Höhle versammelt hatten, deren Boden ebenfalls aus Farbe zu bestehen schien, hatte sich schon jegliche Lust auf dieses Abenteuer verflüchtigt. Ich wollte eigentlich nur noch nach Hause und von mir aus auch direkt ins Büro. Aber ich hatte das üble Gefühl, dass ich so schnell nicht hier wegkäme.

Illekardinas Freunde waren ein bunter Haufen. Einige von ihnen sahen so ähnlich aus wie sie. Sie hatten menschliche Gesichter und Oberkörper, einige von Fell bedeckt, andere nackt. Aber ihre Unterkörper ähnelten Hunden, Pferden, Katzen, Antilopen, oder sogar Nilpferden. Daneben gab es noch kleine geflügelte Feengestalten, einige sahen aus wie Menschen, andere hatten Vogelköpfe und einige wenige sahen auch so aus wie die Elfen aus Herr der Ringe: Großgewachsen, dünn und mit spitzen Ohren. Nur, dass sie besonders missmutig und wortkarg zu sein schienen.

Der Rest aber ließ mich hochleben „Unser Held.", „Unser Erlöser.", „Der Auserwählte.", „Der Schlächter Grondars." riefen sie mit piepsigen, brummigen, zwitschernden, melodischen und fremdartigen Stimmen. Einen Moment lang glaubte ich auch härtere, dunklere und bösartige Töne zwischen all den ermunternden Rufen herauszuhören und in meine Augenwinkel stahlen sich flüchtige Bilder von Insektenköpfen, verfaulter Haut und harten, nie lächelnden Mündern. Aber ich konnte diese Eindrücke nicht festhalten und die Euphorie um mich herum ließ sie mich schnell vergessen. Die Menge jubelte mir zu und eine ganze Schar von den geflügelten Feenwesen setze mit einem goldenen Halbhelm auf, der recht unbequem auf meinem neuen dritten Auge saß. Außerdem scheuerte er an meiner teigig gewordenen Wange, die sich inzwischen seltsam taub anfühlte, auch wenn sie nach wie vor schmerzte.

Es war aber nicht zu vergleichen mit dem Schmerz, der plötzlich in meiner rechten Hand wütete. Ängstlich sah ich auf sie hinunter und bemerkte wie sich zwischen Daumen und Zeigefinger einfach zwei neue Finger aus meiner Hand schoben. Mehr als doppelt so lang wie die anderen und sehr sehr dünn. Zuerst ragten sie wie zwei taube Stöcke aus meiner Handfläche hervor, aber dann konnte ich sie plötzlich bewegen, auch wenn die Koordination sehr sehr schwierig war. Die Feenwesen schauten zwar etwas irritiert – einige sogar angeekelt – aber dann drückten sie mir nichtsdestotrotz ein gewaltiges goldenes Schwert in meine deformierte Hand. „Goldglanz. Das Schwert der Helden" kommentierte eine Katzenfrau, die mir dabei kesse Blicke zuwarf und schien der Meinung zu sein, dass ich jetzt unheimlich stolz sein sollte.

Ich dagegen stand nur wie vom Donner gerührt da. Mein Körper veränderte sich immer schneller und ich hatte weder eine Ahnung was mit ihm noch alles passieren würde, noch ob diese Veränderungen je wieder weggehen würden. Also stand ich nur verdattert rum und wünschte mir aufzuwachen, als zwei der stummen Tolkien-Elfen mir mit wenig Feingefühl eine enge silberne Rüstung anlegten. Endlich schaffte ich es wieder zu sprechen: „Stopp!!!" brüllte ich aus Leibeskräften.

Sofort kehrte Stille ein. Einige der geflügelten Feen wichen zurück. Eine davon – sie hatte einen majestätischen Adlerkopf – ergriff sogar komplett die Flucht.

„Habt ihr alle den Verstand verloren? Ich verwandele mich Stück für Stück in eine Abscheulichkeit, habe plötzliche ein verdammtes drittes Auge auf dem Kopf, Monsterfinger und eine Hängebacke, bin mitten in einer total fremden Welt gelandet und werde nun von euch wie ein blöder Ritter ausstaffiert, um irgendeinen blöden Spinner umzubringen, den ich nicht einmal kenne. Was stimmt mit euch nicht? Habt ihr zu viel Feenstaub gekokst?"

Illekardina ging zu mir und streichelte meine gesunde Wange „Kein Grund so auszurasten, Thomas. Ich weiß, das ist nicht leicht mein Süßer".

Leider war ich nicht in der Stimmung mich beruhigen zu lassen. „Nicht leicht? Du hast gut reden. Wächst dir etwas ein drittes Auge oder ein dritter Arm? Warum passiert das überhaupt mit euch nicht?"

Illekardina blieb ganz ruhig."Wir sind hier aufgewachsen. Wahrscheinlich sind wir an den dunklen Einfluss Grondars gewöhnt."

Sie kam noch näher und klimperte mit ihren Wimpern. „Komm mal her, mein Hübscher." Sie breitete ihre Arme aus und schloss mich darin ein. Ich spürte ihre heiße Haut unter dem Fell und wie ihr Busen gegen meinen Körper drückte. Erst wollte ich mich aus Protest von ihr lösen, aber irgendwie brauchte ich diese Zuwendung gerade und auf eine verdrehte exotische Weise erregte mich ihre Nähe sogar. Natürlich war mir bewusst, dass sie genau auf diesen Effekt gesetzt hatte, aber das änderte leider auch nichts an der Wirkung.

„Siehst du Thomas. Alles wird gut. Wir verstehen wie

schlimm die Veränderungen für dich sind. Aber wenn erst der Bann Grondars gebrochen ist, wirst du wieder so werden wie früher. Und wir werden endlich frei sein. Bitte hilf uns!" Bei den letzten Worten setzte sie wieder ihren Hundeblick auf.

Mein Widerstand schmolz wie Wachs in der Sonne. Was hatte ich denn auch für eine Wahl? Vielleicht wurde wirklich alles wieder gut, wenn ich diesen Grondar tötete. Also erklärte ich mich zähneknirschend dazu bereit, mich auf die Mission zu begeben. „OK. Ich töte Grondar für euch."

Euphorischer Jubel brandete auf. Die verschiedenen Feenwesen schrien ihre Erleichterung heraus. Erneut gab es Rufe wie „Thomas, der Auserwählte!" oder „Das Verderben Grondars!"

Illekardina gab mir zum Dank einen dicken Kuss auf den Mund. Sie schmeckte nach Minze und Erdbeeren. „Gut, mein starker Held. Geh du voran, wir werden dir folgen."

Also zog unsere kleine Armee den Hügel zu Grondars dunklem Schloss hinauf. Ich ging in meiner silbernen Rüstung voraus, das goldene Schwert in meiner deformierten Hand und Illekardina ging an meiner Seite. Dahinter folgten mir die anderen Tiermenschen, die schweigsamen Tolkienelfen mit den finsteren Gesichtern und ein ganzer Schwarm fliegender Feen. Der gemalte Himmel über uns war blau und wolkenlos und die Sonne strahlte angenehm warm und ermunternd. Nur in der Ferne – über Grondars Schloss – schwebte die Finsternis. Trotzdem konnte die Landschaft diesmal meine Stimmung nicht aufhellen.

Auch wenn die kleine Horde, die ich hinter mit her-

schleppte laut und ausgelassen schnatterte und quatsch-
te und Illekardina mich von Zeit zu Zeit für meinen
Mut lobte oder mir aufmunternde Blicke zuwarf, sagte
ich nichts. Das lag zum einen an meinen bedrückten
Gedanken. Ich wünschte mir inzwischen nichts sehnli-
cher als nie durch dieses verdammte Tor gegangen zu
sein. Zum anderen lag es daran., dass ich nicht mehr reden konnte.
Als ich nämlich endlich den Mund öffnen wollte, um die
nervige Horde zum Schweigen zu bringen, merkte ich,
dass ich ihn nicht aufbekam. Ängstlich betastete ich ihn
und merkte dann, dass ich keine Lippen mehr hatte.
Stattdessen saß dort, wo zuvor mein Mund gewesen
war, ein dickes schorfiges und runzliges Geschwür. Als
ich meine Hand davon zurückzog, klebte an ihr eine
grünliche schmierige Substanz. Panisch versuchte ich
mit der Zunge eine Öffnung zu finden, merkte dann
aber, dass auch sie nicht mehr meine Zunge war. Sie
fühlte sich völlig fremd und eigenartig an. Trotzdem
versuchte ich mit ihr weiter verzweifelt eine Lücke in
meinem Mund zu entdecken und endlich fand ich sie,
wobei ich den verfaulten Geschmack des grünlichen
Schleims an meinem Mundgeschwür schmeckte.
Sofort wurde mir übel und ich musste mich zuckend
übergeben. Allerdings konnte mein Erbrochenes nirgendwo entweichen und staute sich in meinem Mund.
Beinah wäre ich daran erstickt, aber irgendwie schaffte
ich es, meine Kotze wieder herunterzuschlucken. Mein
Hals brannte von meiner Magensäure, aber immerhin
konnte ich verhindern, dass ich mich erneut übergab. So
konzentrierte ich mich wieder auf das Loch in meinem
Mundgeschwür und sah auf meine Zunge, die sich lang

und dünn wie eine Schlangenzunge aus meiner abartigen Mundöffnung hervorschob.

Sie wurde immer länger und länger und schien kein Ende zu haben. Illekardina sah mich plötzlich mit einer Mischung aus Mitleid und mühsam verhohlenem Ekel an ."Oh. Wieder eine Veränderung, mein Hübscher. Es tut mir so leid. Das muss schrecklich sein. Komm, wir laufen schneller. Grondar wartet" Hinter mir hörte ich, wie die Feenwesen auf mich zeigten und leise lästerten. Was fiel denen ein? Immerhin setzte ich mein Leben für diese Feenpack aufs Spiel. Ich wollte ihnen eine fiese Bemerkung entgegenschleudern, brachte aber nur ein unartikuliertes Zischen und Brummen zustande. Resigniert ging ich weiter.

Von nun an fiel mir auf, dass Illekardina mich nicht mehr halb so oft ansah wie früher. Aber das sollte mich wohl nicht wundern. Immerhin war ich zu einem Monster geworden. Trotzdem tat es weh.

Inzwischen begann öliger grauer Regen vom Himmel zu tropfen, der wieder dunkelbraun und schwarz und schwer wie gefärbtes Blei über unseren Köpfen hing. Die Luft roch faulig und stickig und die düstere Burg vor uns rückte wieder näher. Einige von den geflügelten Feen wurden von den dicken stinkigen Regentropfen getroffen und blieben mit verschmierten Flügeln liegen. Niemand kümmerte sich um sie. Ich wollte die anderen auf das Schicksal der kleinen Feen aufmerksam machen – immerhin hatten die Flügelwesen am wenigsten über meine Mutationen gespottet – aber ich hatte ja keinen wirklichen Mund mehr.

Als hätte dieser Gedanke etwas in mir ausgelöst, spürte ich plötzlich ein fieses Ziehen und Zwicken im Bauch.

Dann einen reißenden Schmerz, der meinen Körper sich ruckartig zusammenkrümmen ließ und plötzlich kamen wieder Worte aus mir heraus. Allerdings nicht aus meinem Kopf. Sie erklangen tiefer – blechern und gedämpft durch meine silberne Rüstung – und ich brauchte nicht erst nachzuschauen, um zu wissen, dass mir ein neuer Mund am Bauch gewachsen war.

So grotesk der Gedanke auch war, so froh war ich doch darüber, wieder etwas von mir geben zu können. Allerdings klang meine Stimme rau und dunkel und nicht im entferntesten wie meine alte Sprechstimme. Oder auch nur menschlich. Trotzdem konnte man sie wohl irgendwie verstehen. „Helft den Geflügelten, wir können sie nicht liegen lassen." blubberte ich, wobei mir jedes einzelne Wort fiese Bauchschmerzen einbrachte. Ein weiterer Nachteil meiner neuen Art zu sprechen. Darüber, dass ich mich noch weiter von meinem früheren Ich entfernt hatte, machte ich mir schon fast keine Gedanken mehr. Es fühlte sich viel zu irreal und absurd an. Beinah wie ein grauenhafter Traum aus dem ich letztendlich erwachen würde, sobald Grondar erst tot wäre. Diese eine Hoffnung, nein diese Gewissheit – es musste einfach eine Gewissheit sein – hielt mich davon ab, endgültig durchzudrehen.

Ich sah zu meinen Mitstreitern, um zu sehen, ob sie mich verstanden hatten. Aber anstatt auf meine Worte zu hören, wichen meine Begleiter nur noch weiter vor mir zurück. Ihre Gesichter spiegelten Abscheu, Verlegenheit und ab und an auch Mitleid wider. Das tat mir mehr weh als ich erwartet hatte. Immerhin spielte ich ja den strahlenden Retter für diesen unverschämten Haufen. Ich hatte langsam wieder große Lust die ganze Aktion abzubrechen, aber leider hatte ich ja keine Wahl, wenn ich nicht bald alles verlieren wollte, was mich zum Menschen machte.

Also ging ich schweigend und stur weiter. Neuer Mund hin oder her. Ab und zu warf ich einen Blick auf Ilekardina, aber sie ignorierte mich inzwischen völlig.

Nach einer Weile erkannte ich am Horizont eine ganze Reihe von dunklen Punkten, die sich schnell auf uns zu bewegten. „Blutspringer" hörte ich eines der Mischwesen – einen Mann mit dem Unterkörper einer Kuh – rufen.

Ich hatte keine Ahnung, was damit gemeint war, aber es hörte sich auf jeden Fall unheilvoll an. Und das war es auch. Plötzlich waren sie heran: Ein riesiges Heer von hundegroßen Geschöpfen, die nur aus Zähnen und Klauen bestanden und deren monströse, zahnbewehrte Mäuler fast so lang waren, wie der Rest ihres Körpers. Sie waren unglaublich schnell und konnten zudem höher Springen als jedes Lebewesen, dass ich je gesehen hatte. Daher kam wohl auch ihr Name. Mehr Einzelheiten konnte ich von den Blutspringern nicht erkennen, dann waren sie auch schon heran und preschten in unsere Formation hinein.

Sie zerkauten geflügelte Feen, rissen den Mischwesen ihre Ziegenbeine, Giraffenbeine oder Hundebeine ab und fügten den griesgrämigen Tolkienelfen schwere Verletzungen zu. Auch mich erwischten sie ein paar Mal. Sie bissen in meine teigige rechte Wangen, mein linkes Bein und einmal sogar in mein Mundgeschwür – was mir grauenhafte Schmerzen bereitete – aber auch ich konnte unzählige von ihnen töten. Und das, obwohl ich zu Hause nie Schwertkampf oder auch nur Kampfsport gelernt hatte. Ich war im Grunde nicht mal besonders sportlich. Trotzdem schien meine deformierte Hand genau zu wissen, wie sie das goldene Schwert zu führen hatte. Sie spaltete groteske Kiefer, säbelte Sprungbeine ab, zerbrach den ein oder anderen messerscharfen Rückenkamm und spießte eine ganze Reihe von Schädeln auf.

Gelegentlich wurde die Übermacht erdrückend und ich rief mit meinem blubbernden Bauchmund nach Hilfe. Ungeachtet der Magenschmerzen. Aber nur selten kam jemand. Ob meine Mitstreiter selbst beschäftigt waren oder mir einfach nicht zu nahe sein wollten, wusste ich nicht. Jedenfalls hatte ich mehr oder weniger das Gefühl ganz allein gegen diese Kreaturen antreten zu müssen. Irgendwann wurde mein Arm zu schwer für einen weiteren Schwertstreich. Der nächste Blutspringer, der mich angreifen würde, würde mich sicher zerreißen. Aber es gab keine mehr von ihnen.

Sie alle lagen zerfetzt und stinkend am Boden und wurden vom dunkelgrauen öligen Regen durchtränkt. Dafür war ich nun beinah allein. Nur Illekardina und drei der Tolkienelfen standen noch mit mir auf dem Schlachtfeld. Der Rest der Feen war entweder geflohen oder lag ebenfalls tot im blutverschmierten Gras.

Zu allem Überfluss begann nun mein rechtes Knie wie wahnsinnig zu schmerzen und zu brennen. Erneut brach ich zusammen und als sich der Schmerzschleier von meinem Geist gelüftet hatte und ich mich wieder erheben wollte, merkte ich, dass ich es nicht konnte. Und zwar nicht wegen der Schmerzen. Es ging einfach nicht. Ängstlich sah ich auf mein Knie herunter. Oder besser auf meine vier Knie. Denn mein Bein hatte plötzlich mehrere Gelenke bekommen. Abgesehen davon, dass diese vier Knie an meinem sonst noch recht menschlichen Bein sehr eigenartig aussahen, konnte ich mich damit nur noch kriechend fortbewegen. Mir fehlte jegliche Stabilität zum Gehen. Ich hatte endgültig den Rand der Verzweiflung überschritten. Tränen rollten über mein entstelltes Gesicht. „Ich kann nicht mehr weiter." blubberte ich aus dem Bauch heraus in Richtung von Illekardina. Sie sah mich an und setzte das strahlendste Lächeln auf, dass sie zustande bringen konnte. „Wir haben es fast geschafft, mein Süßer!" „Da hinten ist Grondars Burg!"

Resigniert hob ich meinen Kopf und blickte in Richtung des tintenschwarzen Himmels unter dem sich die noch düsterere Burg von Grondar mit ihren fünf Spitzen Türmen erhob, die wie eine klauenartige Faust durch die Wolken stachen.

„Wie soll ich ihn besiegen?", fragte ich Illekardina, „Wie soll ich ihn so besiegen?". Mühsam kroch ich auf sie zu. Meine röchelnde Bauchstimme klang selbst in meinen eigenen Ohren widerwärtig.

Illekardina klopfte mir auf die Schulter, wobei sie weiter ihre Distanz wahrte. „Es ist fast geschafft. Siehst du? Dort kommt Grondar!"

Und Sie hatte recht. Über dem dunklen Hügel erhob sich ein rötliches Glühen und inmitten dieses Glühens kroch eine unförmige, schwabbelige Gestalt auf uns zu, die sicher fünf Meter hoch und unglaublich dick war. Ihre Haut war knotig und bleich und er ähnelte einer aufgeblähten menschlichen Made. Ich sah Hilfe suchend zu den Anderen. Die Tolkienelfen zogen stumm ihre Schwerter und Illekardina nahm ein Messer in ihre

Pfotenhände. „Endlich kommt der Tag der Befreiung!", rief sie. Ich selbst, stemmte mich so gut es ging in eine halb aufrechte Position, wobei ich sowohl mit meinen überschüssigen Gelenken, wie auch mit meiner mutierten Hand zu kämpfen hatte. Als ich eine halbwegs passende Lage gefunden hatte, hielt ich mein Schwert wie einen Stachel vor mich. Illekardina stand mit ihrem Messer rechts von mir, die drei Elfen links. Und dann war Grondar gekommen.

Durch seine gewaltigen Schritte erbebte die Erde. Seine roten Augen glühten wie Kohlen und sein breiter Mund war zu einem höhnischen Lächeln verzerrt. „Ihr wollt mich herausfordern?" donnerte er und klang dabei sogar noch monströser als ich mit meinem Bauchmund. Ohne eine Antwort stürzten die Elfen sich auf das Monstrum. Einer von ihnen wurde noch im Lauf von einer der fleischigen weißlichen Pranken Grondars gepackt und einfach zu Brei zerquetscht, der langsam an Grondars Faust hinuntertropfte. Die anderen beiden erreichten ihr Ziel und schwangen ihre Schwerter gegen Grondars Bauch, aber sie fügten ihm damit nicht mal einen nennenswerten Kratzer zu.

„Thomas! Du musst ihn töten. Nimm dein Schwert und mach ihm ein Ende!" rief Illekardina, die selbst keinen Finger krumm machte und nur der Faust und den Füßen Grondars tänzelnd auswich.

Ich gehorchte. Immerhin wollte ich diesen Alptraum hinter mich bringen. Also kroch ich auf Grondar zu, der noch durch den erfolglosen Angriff der Tolkienelfen abgelenkt war und trieb ihm das goldene Schwert mit aller Kraft meines deformierten Leibes in den Bauch.

Sofort ergoss sich stinkendes grünes Blut auf mich und

Grondar brach mit einem donnernden Schmerzens-schrei in die Knie. „Warum?", fragte er und klang dabei beinah menschlich. „Warum?" wiederholte er mit einer plötzlich erstaunlich sanften Stimme. Ich aber nahm erleichtert den Helm ab und wartete darauf meine grässlichen Mutationen zu verlieren.

Als ich Grondar erneut ansah, lag dort ein goldhaariger schlanker Elf mit einem gütigen Lächeln und einem traurigen Ausdruck in den Augen. Bevor ich mir Gedanken darüber machen konnte, was das bedeutete, fuhr eine erneute Welle aus Schmerz durch meinen ganzen Körper. Dabei sah und spürte ich, wie sich über meine ganze Haut dicke Geschwüre und Pusteln ausbreiteten, aus denen tausende kleiner Augäpfel hervorschossen. Plötzlich sah ich alles. Ich sah die Elfenwesen, skelettartig und nur von vertrockneter grauer Haut überspannt, die fahle Schwerter aus Knochen trugen. Ich sah das Heer aus geflügelten menschenähnlichen Insekten, dass sich nun wieder dem Hügel näherte. Ich sah die mitleidlosen Augen und den harten Mund in Illekardinas noch immer wunderschönen Gesicht. Ich sah die Dunkelheit und Kälte, die sich über die malerische weiße Burg mit ihren gemalten Gärten und Springbrunnen ausbreitete, die ich für ein finsteres Schloss gehalten hatte. Ich sah alle meine Fehler.

„Danke, dass du Grondar getötet hast", sagte Illekardina, nahm sich die schlanke Silberkrone von Grondars Kopf und setzte sie sich mit einer lässigen Bewegung auf. „Und nun verschwinde, du ekelhafte Kreatur. Es schmerzt mich, dich ansehen zu müssen. Verschwinde, bevor ich noch kotzen muss." Sie lachte bösartig und humorlos und die anderen Wesen stimmten mit ihren

Grabesstimmen und Insektenstimmen in das Gelächter ein. Mit einem Wink ihrer Hand öffnete sich ein eisblaues waberndes Tor direkt vor mir, durch das ich vage mein Zimmer erkennen konnte.

„Aber du hast gesagt, dass ich wieder normal werde, sobald ich Grondar getötet habe!", schrie ich verzweifelt. Das brachte Illekardina erneut zum Lachen. „Ich habe gelogen, du Idiot. Die Mutationen sind natürlich dauerhaft. Nur erzählen wir das nützlichen Trotteln wie dir nicht. Sonst würdet ihr doch nicht unsere Drecksarbeit erledigen." schleuderte sie mir entgegen und spuckte mir ins Gesicht. „Und nun verpiss dich endlich. Dein Anblick beleidigt die neue Königin dieser Welt."

„So kann ich aber nicht in meine Welt zurück."

Sie warf mir einen abschätzigen Blick zu „Das ist dein Problem, Teigfresse!" Sie verzog die Mundwinkel zu einem Ausdruck des Ekels. „Und nun verliere ich langsam die Geduld!" Sie nickte den zwei überlebenden Zombieelfen zu. „Schafft ihn weg, wenn er nicht selbst gehen will."
Sofort kamen die beiden Elfen auf mich zu und packten mich grob an meiner Schulter. Mehrere der Augen unter meiner Rüstung wurden brutal gequetscht und füllten sich mit Tränen. Dann schleiften die Beiden mich gnadenlos auf das Portal zu. „Tötet mich!", schrie ich verzweifelt. „Um Gottes willen, tötet mich!" aber niemand erhörte mein Flehen. Das letzte was ich von der Feenwelt hörte, bevor mich Illekardinas Handlanger durch das blaue Portal schoben, war Illekardinas höhnische Stimme „Wir töten keine Helden", sagte sie.

Hier bin ich nun und schreibe mit meiner deformierten Hand mein Schicksal für einen unbekannten Leser auf, der dieses Tagebuch vielleicht einmal finden wird. Was soll ich auch sonst tun? Rausgehen kann ich in meinem Zustand nicht. Jeder der mich erblickt, würde mich auf der Stelle töten oder mich für irgendwelche Experimente aufschneiden wollen.

Trotzdem. Spätestens wenn meine Vorräte aufgebraucht sind, werde ich hinausgehen müssen. Vielleicht kann ich etwas stehlen. Irgendwo. Im Schutz der Nacht. Aber bis dahin ist alles was mir bleibt meine Wohnung, mein grauenhaftes Aussehen, die silberne Rüstung und das goldene Schwert aus der verfluchten Feenwelt. Seit Tagen überlege ich schon, mir mit diesem Schwert ein Ende zu setzen, aber ich bringe den Mut einfach nicht auf.

Alle Spiegel in meiner Wohnung habe ich nach und nach zerstört. Nur einen habe ich behalten. Ich habe immer noch die schwache Hoffnung mich dort eines Tages wieder so zu sehen wie ich einst war. So wie ich war, bevor ich so dumm gewesen bin, die Feenwelt zu betreten.

Der silberne Spielplatz

Hast du dich schon einmal gefragt, wohin Kinder gehen, die zu früh gestorben sind? Die eine schwere
Krankheit dahingerafft oder ein grauenhafter Unfall getroffen hat oder denen die Boshaftigkeit eines Erwachsenen zum Verhängnis geworden ist. In dem Himmel,
sagst du? Sehr gut möglich.
Die Meisten von ihnen gehen bestimmt in den Himmel,
ins Nirwana, in die Quelle alles Seins oder einen sonsti-
gen Ort der Erlösung und der Schönheit ein. Woran
auch immer sie glauben. Oder sie werden vielleicht auch
wiedergeboren. Genau weiß ich das nicht. Genauso wenig wie all die anderen Menschen auf diesem Planeten.
Aber ich kann dir sagen, wo sich jene wiederfinden, die
über ihren frühen Tod nicht hinwegkommen. Die ruhe-
losen Geister, die noch längst nicht genug haben vom
Spielen, Entdecken und Lachen. Jene, die noch eine
Weile länger einfach nur Kind sein wollen.
Dieser Ort nennt sich „Der silberne Spielplatz". Und
dort kommen nicht allein verstorbene Kinder hin. Oh
nein. Denn auch in jedem Erwachsenen steckt noch
eine Zeitlang die Seele eines Kindes. Einige schaffen es,
sie ihr ganzes Leben über zu bewahren. Das sind die
Glücklichen, denen selbst im hohen Alter nicht die Lebensfreude, das Lachen, der Spieltrieb und die Neugier
vergehen. Viele Menschen aber verlieren im Laufe ihres
Lebens ihr inneres Kind. Manche früher, andere später.
Sie hören nicht mehr auf seine Stimme, sehen nicht
mehr den Zauber in der Welt, werden ernster und ernster und stumpfen Stück für Stück ab, bis sie nicht viel
mehr als vernünftige, beherrschte, berechnende und

stinklangweilige Bioroboter sind, die langsam ihrem Grab entgegen dämmern. Man nennt diesen Degenerationsprozess landläufig „Erwachsen werden".

Irgendwann stirbt dann das innere Kind einfach ab, wie ein abgetriebener Fötus, und sie verlieren diesen Teil ihrer Seele für immer. Diese Seelenteile aber finden ebenfalls ein Zuhause auf dem silbernen Spielplatz, wo sie gemeinsam mit den anderen Kinderseelen toben und spielen können.

Wenn du also über die Maßen ernst bist, realistisch, analytisch, verbittert, ohne Träume oder romantische Ideale, ist es sehr gut möglich, dass sich ein Stück deiner Seele auch bereits dort befindet.

Am Anfang, wenn der Tod deines inneren Kindes noch nicht lange her und die Wunde noch frisch ist, wirst du vielleicht Träume haben. Exotische und doch verstörende Träume von einem großen Spielplatz, umgeben von Schwärze und nur erhellt vom fahl-weißen Licht eines immer scheinenden Mondes. Dort gibt es geisterhafte Schaukeln, die in der Dunkelheit fluoreszieren, hohe schwankende Klettergerüste, die häufig ihre Form und Größe ändern, Sandkästen, die mit mehr Sand gefüllt sind als alle irdischen Strände und Wüsten zusammen und deren Grund sich in den dunkelsten Tiefen der Schöpfung verliert. Es gibt dort Rutschen aus Bonbons und kandierten Früchten, aus Weingummi, aus Schokolade oder aus Zuckerguss. Und unzählige dornige und wuchernde Büsche an denen manchmal Zuckerwatte, Karamell oder Spielzeug wächst, bieten viele gute Orte für ein Versteckspiel. Denn die Kinder dort spielen sehr gerne. Und doch ist es sehr still, da es auf dem silbernen Spielplatz keine Geräusche gibt. Die Schaukeln quietschen nicht, dass Holz der Klettergerüste knarzt nicht und auch die Stimmen der Kinder hört man nirgendwo. Zwar reden und lachen und scherzen sie viel miteinander und können sich gegenseitig glasklar verstehen, aber kaum ein Außenstehender wird je ihre Stimmen vernehmen, selbst wenn er sie dort besucht.

Ja, du hast richtig gehört. Du kannst die Kinder auf dem silbernen Spielplatz besuchen. Entweder, um dein inneres Kind zurückzugewinnen und wieder ein vollständiger und heiler Mensch zu werden, oder um dein verstorbenes Kind ein letztes Mal zu besuchen.

Es gibt dazu verschiedene Möglichkeiten. Eine sehr zuverlässige und vergleichsweise sichere Methode ist es, dir die geheime Melodie beim Einschlafen wieder und wieder anzuhören (www.angstkreis-creepypasta.de/geheime-melodie). Vielleicht klappt es nicht direkt beim ersten Mal, aber wenn es klappt, wirst du von der geisterhaften Hand einer fahlen Mutter geweckt werden.

Die fahlen Mütter sind wahrlich kein erfreulicher Anblick mit ihren weit ausgerissenen Mündern, den schmalen länglichen Köpfen aus denen viele dünne weiße Haare sprießen und den ausgemergelten Körpern unter ihren wallenden weißen Gewändern. Aber sie sind die hingebungsvollen Beschützer der Kinder, die sich auf dem silbernen Spielplatz aufhalten und sie lieben die Kinder dort mit einer größeren Intensität als sie jede irdische Mutter je aufbringen könnte. Ihren kleinen Schützlingen würden die Mütter niemals auch nur ein Haar krümmen.

Besuchern jedoch ... nun sagen wir einfach du solltest lieber ein ernsthaftes Anliegen haben, wenn du sie rufst und nicht einfach nur aus Neugier ihre Zeit verschwenden. Das Bewusstsein jener, die das versuchen, kann von ihnen mit Leichtigkeit in astrale Sphären verbannt wären, gegen die dir die Hölle wie ein exklusives Wellnesshotel vorkäme. Solltest du aber ernsthaft den Kontakt mit deinem verstorbenen Kind oder inneren Kind suchen, so werden sie dir diese Chance gewähren, auch wenn sie es nicht gerade gerne tun. Ihre geisterhaften Hände werden dann deinen Geist packen und ihn mit einem Ruck aus deinem Körper reißen, um ihn mit sich auf den silbernen Spielplatz zu führen.

Wenn es dein Wunsch ist, noch ein letztes Mal dein verstorbenes Kind zu sehen und wenn es sich dort befindet, werden die fahlen Mütter dir deinen Wunsch mit Sicherheit gewähren. Sie werden deinen Liebling aus der riesigen Schar spielender Kinder heraussuchen und dich zu ihm bringen. Verabschiede dich dann von deinem Kind, sage all die Dinge, die noch unausgesprochen waren, und nehme dein Kind ein letztes Mal fest in den Arm. Es wird sicher auch seine Seele erleichtern und ihm vielleicht erlauben dorthin zu kommen, wo auch immer erlöste Seelen hingehen. Doch selbst, wenn dein Kind dort bleibt, wo es ist, musst du es nun ziehen lassen, denn die fahlen Mütter werden dir nicht einfach erlauben dein Kind mit dir zu nehmen. Das ist gegen die Gesetze dieses Ortes und allein der Versuch dem zuwiderzuhandeln, kann schlimme Folgen haben. Sei dankbar für die Chance, die dir gewährt worden ist. Denn nicht jedem wird eine solche Gelegenheit zuteil.

Falls du aber wegen deines inneren Kindes gekommen bist, so liegen die Dinge anders. Spiele eine Weile mit ihm, lerne es erneut kennen, gewinne seine Freundschaft zurück und beweise ihm, dass du es nicht erneut enttäuschen wirst. Dann darfst du es vielleicht mit dir nehmen und erneut vollständig und glücklich werden, auch wenn die fahlen Mütter bitter um ihren verlorenen Schützling weinen werden. Es kann aber auch sehr gut sein, dass dein inneres Kind nicht mit dir kommen möchte. Immerhin hast du es schwer enttäuscht und verstoßen und vielleicht hat sich deine Einstellung, die zu eurer Trennung geführt hat auch gar nicht wirklich geändert. In diesem Fall solltest du besser schleunigst verschwinden. Denn du bist dann nicht länger auf dem silbernen Spielplatz erwünscht und giltst allen Kindern und vor allem den fahlen Müttern als Bedrohung und Eindringling. Denke dann einfach konzentriert an dein Bett und finde dich damit ab, dass dein inneres Kind für dich auf immer und ewig gestorben ist. Eine zweite Chance gibt es nicht. Das heißt … eigentlich doch. Aber sie zu ergreifen, ist bösartig und sehr gefährlich.

Du kannst den silbernen Spielplatz nämlich auch ohne die geheime Melodie in einem Luziden Traum oder bei einer Astralreise besuchen, wenn du in diesen Dingen geübt bist. Dazu, wie du in einen solchen Zustand kommst, gibt es im Internet eine Menge Tipps und Hilfestellungen. Wenn du mit einer dieser Techniken Erfolg hast, musst du einfach nur an diesen Ort denken und wirst dich innerhalb weniger Augenblicke im leichenblassen Gras oder dem glitzernden feinen Sand des silbernen Spielplatzes wiederfinden, umgeben von gespenstischer Stille.

Jetzt kannst du dein inneres Kind oder auch dein verstorbenes Kind mit Gewalt und notfalls gegen seinen Willen mit dir nehmen, wenn du schnell genug bist und es in der Masse der Kinder entdeckst. Achte einfach auf

ein goldenes Licht im Meer aus silbernen durchscheinenden Kinderseelen. Sobald du dein Kind oder inneres
Kind ausfindig gemacht hast, musst du dich nur von
hinten an es heranschleichen und es bei der Silberschnur
packen, die es mit diesem Ort verbindet. Dann kannst
du es wie an einer Kette mit dir reißen und mit ihm gemeinsam in deinem Zimmer erwachen.

Leider birgt diese Methode auch gewaltige Risiken.
Denn die anderen Kinder und die fahlen Mütter sind
sehr zornig auf jene, die solch einen grauenhaften Frevel
begehen. Sie werden versuchen, dich zu finden und dich
zu bestrafen. Vielleicht auch noch lange nach deiner
Rückkehr, falls du nicht schnell und unbemerkt genug
gehandelt hast. Sie können dir auflauern, wenn du am
wenigsten damit rechnest. Vielleicht erwachst du dann
eines Nachts erneut von der Berührung der kalten, geisterhaften Hand einer fahlen Mutter. Und dieses Mal
wird sie dir sicher ganz und gar nicht wohlgesonnen
sein. Doch selbst, wenn du deine Spuren gut verwischst
hast, sind die Gefahren für dich nicht vorbei.

Anfangs mag es sich gut anfühlen, wieder mit deinem
inneren Kind vereint zu sein. Plötzlich scheint alles in
deinem Leben wieder leicht, unbeschwert und magisch
zu sein. Der stumpfe und freudlose Trott des Alltags gerät in Vergessenheit. Du wirst wieder häufiger und ehrli-
cher lachen. Du wirst wieder mit Neugier auf jeden neu-
en Tag blicken und die Wunder in jeder Kleinigkeit deines Lebens aufs Neue erblicken. Aber eine solche nie-
derträchtige Entführung bleibt selten ohne Folgen. Viele, die ihr inneres Kind mit Gewalt wieder an sich gerissen haben, sind langsam, aber unaufhaltsam dem Wahn-
sinn verfallen oder sind in tiefste und schwärzeste De-

pression versunken und letztlich an ihrer pechschwarzen Trauer zerbrochen.

Und auch wenn du dein verstorbenes Kind mit dir genommen hast, kann das für dich schlimme Konsequenzen haben. Dein Kind wird zwar mit dir zurückkehren und genauso aussehen, wie du es in Erinnerung hast. Vielleicht wird es sogar froh sein, wieder mit dir vereint zu sein und die Trennung überwunden zu haben, die doch eine ewige zu sein schien. Du wirst versuchen euer gemeinsames Leben ganz normal weiterzuleben. Aber so sehr du es dir auch wünschst: Es wird kein normales Leben mehr sein. Denn Seelen, die bereits mit dieser Welt abgeschlossen haben, sollten einfach nicht mehr zurückgebracht werden. Für sie gibt es hier nichts als Trauer, vergiftete Erinnerungen und Stunden voller endloser toter Zeit. Dein Kind wird niemals älter werden. Es wird sich nicht mehr entwickeln – weder körperlich noch geistig. Es lebt einfach nur Tag für Tag eine unabänderliche Schleife seines jetzigen Seins. Es wird die gleichen Dinge tun, mit denselben Spielsachen spielen und dieselben Dinge sagen, wie in den letzten Tagen vor seinem Tod. Und jede dieser Wiederholungen wird sich leerer und leerer anfühlen. Irgendwann verliert dein Kind jegliche Freude daran. Viele von diesen armen Seelen werden von ihrer Trauer und Leere dahingerafft. Ihr Herz hört dann irgendwann auf zu schlagen. Und wenn es so kommt, hast du noch Glück habt.

Andere zurückgeholte Kinder werden nämlich immer seltsamer und unberechenbarer. Du wirst sie vielleicht des Nachts mit einem Küchenmesser in der Hand an deinem Bett entdecken, unverständliche Laute murmelnd, zitternd und zögernd und mit gebrochenem und verwirrten Blick. Vielleicht werden sie Klassenkameraden grundlos angreifen. Oder sie beginnen damit, einst geliebten Haustieren lebendig die Haut abzuziehen. Und auch ihre Geschwister, Verwandte und einstigen Freunde sind nicht vor solchen Ausbrüchen geschützt. Es kann sein, dass du selbst eines Tages ein Messer in die Hand nehmen musst, wenn du deine Familie vor weiterem Unglück bewahren möchtest.

So vieles kann passieren und es ist durchaus wahrscheinlich, dass einer von euch beiden bald diese Welt verlassen wird. Auf die eine oder andere Weise.

Dann werden die fahlen Mütter ihre langen Münder zu einem zufriedenen Grinsen verziehen. Denn sie haben nun den Beweis, dass dein Kind allein in ihren Armen wirklichen Frieden finden kann.

Die Fremde am See

Das Mondlicht schnitt wie ein silbernes Schwert durch die Wolken und erweckte den See zu glitzerndem Leben. Martin war zum ersten Mal hierhin gekommen. In letzter Zeit hatten ihn seine Wanderungen immer weiter von zu Hause weggeführt. Wahrscheinlich war es die Einsamkeit, die er selbst dann spürte, wenn er neben seiner Frau einschlief. Oder die tägliche Routine, die ihn wie eine bleierne Kette auf den Grund zog und ihm das Gefühl gab, in einem Sumpf zu ertrinken, der nicht halb so klar und rein war, wie der kleine Waldsee vor ihm. Eine Kette geschmiedet aus tausend kleinen Gründen, die gegen einen Neuanfang sprachen. Finanzielle, Berufliche, Emotionale.

Wenn er immer weiter weglief, so hoffte er insgeheim und entgegen aller Vernunft, würde er irgendwann nicht mehr zurückkehren müssen. Auch wenn er natürlich wusste, dass die unsichtbare Kette, die ihn an sein Leben band, ihn immer wieder zurückziehen würde.

Doch immerhin blieb ihm der Moment. Das hohe Quaken der Glockenfrösche. Das Schilf, das sich im Wind bewegte, das leise aber konstante Zirpen der Grillen … und eine Frau, die mit einem Mal direkt neben ihm auftauchte.

Martin war kein ängstlicher Mensch, aber dennoch zuckte er instinktiv zurück, als er sie sah. Er war der festen Überzeugung gewesen, hier völlig allein zu sein und er hatte keine Schritte oder Atemgeräusche vernommen oder sonst etwas, dass ihr Kommen hätte ankündigen können. Mit dem Aussehen der Frau hatte sein Erschrecken dagegen rein gar nichts zu tun. Sie vielmehr durch-

aus eine Schönheit. Ihre Haare waren schwarz. Dabei
lockig und so dicht, dass viele sie darum beneiden mussten. Ihre grünen Augen erinnerten ihn an Seeluft, Gischt
und die Weisheit der Wellen und das Mondlicht ließ
kleine silberne Sprenkel darin aufleuchten, die wie ver-
gessene Perlen in ihrer Iris festsaßen.
Ihre Haut war glatt und makellos und spannte sich wie
eine leichte Decke über einen zarten und doch weibli-
chen Körper mit aufregenden Rundungen. Ihre Klamotten hatten hingegen schon bessere Tage gesehen. Sie
trug eine rote, zerrissene Bluse, einen löchrigen, hellbei-
gen Rock und keine Schuhe.
Plötzlich schämte sich Martin sie so unverhohlen ange-
starrt zu haben und kam sich beinah vor wie ein lüster-
ner Perversling. Beschämt wandte er den Blick ab und
wartete insgeheim darauf, dass die Frau irgendetwas sagen würde. Aber sie blieb still. Also sah er sie erneut an
– diesmal allein in ihre Augen – und begann seinerseits
ein Gespräch.
„Hallo. Es ist eine wunderschöne Nacht, nicht wahr?"
Was Besseres fiel ihm nicht ein. Er war noch nie besonders gut in Sachen Smalltalk gewesen und die drückende
Unzufriedenheit über sein Leben, die in ihm gärte, trug
nicht eben zu seiner Kreativität bei. Aber er hätte sich
die Mühe ohnehin sparen können. Die Frau gab ihm
keine Antwort. Sie starrte ihn nur aus grünen Augen an,
die wie Irrlichter jeder seiner Bewegungen folgten und
ihn gleichzeitig zu einem noch unbekannten Ort zu locken schienen. Er hörte die Grillen, ein gelegentliches
Platschen, wenn ein Fisch nah an die Wasseroberfläche
kam und aus der Ferne hörte er das Rauschen der Autos, die auf der Landstraße vorbeirasten wie ruhelose

Geister einer anderen Welt. Die Frau aber blieb still. Er konnte nicht einmal sagen, ob sie seine Worte gehört hatte.

Irgendetwas an dieser Stille beunruhigte Martin und machte ihn zugleich neugierig. Das war wohl auch der Grund, warum er noch einmal das Wort ergriff. „Mein Name ist Martin. Wie heißen Sie?"

Die Frau sah ihn weiterhin nur still an. Minuten verstrichen, während er sowohl die Umgebung als auch sie neugierig musterte. Dabei fiel ihm auf, dass der Wind zwar das Schilf zum Rascheln brachte und das zuvor spiegelglatte Wasser aufwühlte, aber ihr dichtes Haar unberührt ließ. Dafür wehte er einen eigenartigen Geruch zu ihm herüber. Er war nicht direkt unangenehmen, aber er erinnerte ihn an etwas, dass er nicht sofort greifen konnte.

Martin beschloss einen letzten Versuch zu wagen. „Störe ich Sie?", fragte er so freundlich wie möglich. „Möchten Sie lieber alleine sein?"

Als er schon wieder keine Antwort bekam, wurde ihm klar, dass es keinen Sinn hatte, die Frau weiter zu belästigen. Vielleicht war sie geistig nicht ganz auf der Höhe oder von irgendetwas traumatisiert. Womöglich war sie aber auch taub oder extrem schüchtern oder konnten ihn schlicht nicht leiden, wobei er in diesen Fällen wenigstens irgendeine Reaktion erwartet hätte. Wie dem auch sei. Es war Zeit zu gehen. Dieser Ort war nicht länger ein geeigneter Tempel für sein Selbstmitleid.

„Eine angenehme Nacht noch." sagte er zu ihr, während er aufstand und sich daran machte den Rückweg anzutreten und die unbekannte Frau der Stille und dem Quaken der Glockenfrösche zu überlassen.

Doch er hatte keine hundert Schritte hinter sich gebracht, als er eine hohe und doch laute Stimme hinter
sich rufen hörte. „Bitte, bleib hier!"
Überrascht drehte er sich um und fragte sich, was die
Fremde für ein Spiel mit ihm trieb. Kurz erwog Martin
dennoch fortzugehen, aber was erwartete ihn schon zu
Hause, außer komplizierte Probleme und quälende Lan-
geweile? Stattdessen drehte er wieder um und setzte sich
erneut neben die Frau an den kleinen See.

„Niemand erträgt die Stille.", sagte sie zu ihm und die
Zerbrechlichkeit und der Schmerz in ihrer Stimme
weckten sofort einen ursprünglichen Beschützerinstinkt
in ihm. Gleichzeitig fühlte er sich ob ihrer Worte geta-
delt und auch falsch eingeschätzt. Niemand hatte ihm je
übertriebene Redseligkeit vorgeworfen.

„Ich mag die Stille.", sagte er deshalb verteidigend.

„Aber wenn man sich noch nicht kennt, haben Worte
durchaus ihren Sinn."

Sie blickte kurz in den nächtlichen Himmel und sah den
Wolken nach, die wie Radierer über das Firmament zogen. Ganz so als würde sie über seine Worte nachdenken. „Man braucht keine Worte, um sich kennenzulernen.", sagte sie schließlich.

Und bevor Martin es richtig realisieren konnte, schlang
sie ihren rechten Arm um ihn und drückte ihm einen
Kuss auf die Lippen. Erst wollte er sich wehren. Trotz
allem war er verheiratet und allen Klischees zum Trotz,
träumte nicht jeder Mann davon ungefragt von einer
Wildfremden geküsst zu werden. Trotzdem war etwas
an ihr, dem er sich nicht entziehen konnte. Und so öffnete er seine Lippen und schmeckte ihre Zunge.

Sie war eine geschickte Küsserin und doch überkam ihn

42

mit einem Mal ein heftiger Würgereflex, so als ob er etwas Verdorbenes gerochen hätte. Aber da war nichts. Sie roch wie eine ganz normale Frau. Dennoch ließ ihn dieser Kuss mit einem sehr merkwürdigen Gefühl zurück. Als hätte er eine morbide Melancholie in sein Herz gepflanzt, die selbst seine gewohnte Unzufriedenheit blass aussehen ließ.

„Kennen Sie mich jetzt besser?", fragte er sie, um das fiese Gefühl abzuschütteln.

„Ich kenne deinen Schmerz.", antwortete sie und ergriff dabei meine Hand, als wären sie nun selbstverständlich ein Paar. „Ich bin verheiratet. Ich gehöre einer anderen!" sagte Martin empört, ließ aber dennoch ihre Hand nicht los. „Ich weiß", erwiderte sie fast flüsternd. „Das ist ein Teil deines Schmerzes. Der größte Teil". Ihre Finger streichelten über seine Haut. Sie fühlten sich rau und glitschig an, auch wenn sie glatt und trocken aussahen. Dennoch genoss er diese Berührung. Sie war weit aufregender als das, was er von seiner Frau gewöhnt war.

„Du hast mir noch immer nicht deinen Namen genannt." erinnerte er sie und entschloss sich damit nun auch dazu, sie zu duzen. Sie lächelte zum ersten Mal, seit er sie gesehen hatte. „Was bringt dir schon ein Name? Deine Frau hat einen Namen. Deine Bank hat einen Namen. Deine Firma hat einen Namen. Alle deine Sorgen haben Namen. Was haben Namen dir je gebracht?".

Mit einem Mal sprang sie auf und lief zum See. Was Martin dann erblickte konnte eigentlich nur einem wirren Fiebertraum entsprungen sein. Denn statt mit ihren nackten Füßen ins Wasser einzutauchen, lief sie einfach hinüber, als wäre sie die weibliche Version von Jesus.

„Wie ... wie machst du das?" stotterte er völlig perplex. Aber sie antwortete nicht, sondern lief nur weiter entgegen aller Naturgesetze über das im Mondlicht schimmernde Wasser, bis sie sich gute hundert Meter vom Ufer entfernt hatte. Erst dann drehte sie sich zu ihm um und sah dabei tatsächlich aus wie die Protagonistin irgendeiner biblischen Offenbarung. Der Wind spielte mit ihren dichten Locken und ihrem zerfetzten Rock und als sie auch noch ihr Oberteil auszog, stieg sie für Martin gleich zu einer Göttin auf. Er war eben auch nur ein Mann und ein frustrierter und verzweifelter dazu.

„Du kannst all deine bitteren Namen haben. Oder du kannst mich haben. Wenn du dich traust." rief sie ihm zu. Einen Moment lang dachte er an die Sirenen und Meerjungfrauen aus den Legenden und daran, dass es mit den Helden dieser Geschichten nie ein gutes Ende nahm. „Ich kann nicht über das Wasser gehen." wandte er in einem letzten Aufbäumen von Vernunft und Vorsicht ein. „Wenn ich es dir erlaube, kannst du es. Dann kannst du alles tun, was du willst." antwortete sie ihm. Und er folgte ihrem Ruf. Was hatte er schon zu verlieren? Hatte nicht ein schlauer Mann einst gesagt. „Versuchungen sollte man nachgeben. Wer weiß, ob sie wiederkommen?"

Dennoch war er nervös, als er sich dem Ufer nährte und bevor er in – oder hoffentlich auf – das Wasser trat, zog er sich ebenfalls die Schuhe aus. Wahrscheinlich aus der seltsamen Überlegung heraus, dadurch nicht so schnell einzusinken. Erst dann brachte er den Mut auf, den ersten Schritt auf dem See zu tun.

Und tatsächlich: Auch er ging nicht unter. Selbst als er den Boden mit beiden Füßen verlassen hatte, machte er keine Anstalten einzusinken. Unsicher machte er einen weiteren Schritt. Dann noch einen und ehe er sich versah, ging er langsam aber sicher auf die Frau zu, auch wenn es noch immer ein mehr als seltsames Gefühl war etwas zu tun, was nach all seiner Erfahrung und seinem Wissen unmöglich sein sollte.

Doch er brauchte nur zu der ungewöhnlichen Frau zu blicken, um das flaue Gefühl in seinem Magen zu verdrängen. Irgendetwas sagte ihm, dass hier die Antwort auf all seine Fragen wartete. Auf all seine Probleme. Er war die ganzen letzten Jahre zu feige gewesen. Zu feige für eine Trennung, zu feige den Job zu wechseln, zu feige irgendetwas an seiner beschissenen Lage zu ändern.

Nun aber war er endlich mutig – wer konnte schon von sich behaupten je übers Wasser gegangen zu sein? – und das würde alles ändern. Es musste alles ändern. Dort in den Armen dieser Unbekannten wartete sein Glück. Es konnte gar nicht anders sein.

Und endlich. Endlich erreichte er sie. Ohne lange nachzudenken, nahm er sie in die Arme, wobei er die Augen schloss, um den Moment völlig zu genießen. „Nun wird alles gut." hörte er ihre beruhigende Stimme und sein Herz schlug schneller. Er genoss ihre Anwesenheit, ihre Wärme, ihren Geruch, ihren … erst jetzt fiel ihm auf, dass es keine Wärme gab, sondern nur Kälte und Nässe, die sich an seiner Haut rieb und dass der Geruch, den er wahrnahm nicht verführerisch und angenehm war, sondern geradezu ekelerregend. Es roch nach Fäulnis, nach Tod, nach verfaulten Fischen und verrotteten Algen. Irritiert schlug er die Augen auf und blickte in das Antlitz der Hölle.

Die Frau war keine liebliche Schönheit. Sie war ein wahrer Alptraum. Ihre Haut war grau, fleckig und glitschig mit der Konsistenz von rohem Teig. In Ihren Brüsten, deren Berührung ihn gerade noch erregt hatte, waren fingerdicke Löcher aus denen vereinzelt Würmer, Maden, winzige Krebse und kleine Fische hervorschauten. Ihr Gesicht war zerfallen und gab an einigen Stellen den Blick auf rohes, blasses Muskelfleisch frei und ihre Zunge, mit der sie sich lasziv über ihre rissigen Lippen leckte war aufgequollen und von grünlich-schwarzer Farbe. Ihre Augen waren bereits verrottet und hatten nur leere Augenhöhlen zurückgelassen. Magensäure stieg in ihm hoch, als er daran dachte, dass er dieses Ding geküsst hatte und er wollte augenblicklich um sein Leben rennen als sie seinen Arm mit schleimigen, aber kräftigen Fingern festhielt. „Bleib hier. Vergesse deinen Namen. Ertränke deine Sorgen. Dann wird alles gut." Sie sprach mit der gleichen zauberhaften Stimme wie zuvor, aber zu sehen wie ihre Worte aus dem verrotteten Mund einer sprechenden Wasserleiche kamen, nahm ihnen jedwede Wirkung.

Mit aller Kraft versuchte er sich von ihr loszureißen und mit der schieren Kraft der Verzweiflung schaffte er es auch. Sofort rannte er los, kümmerte sich nicht mehr um das, was hinter ihm lag und sah nur zum rettenden Ufer, das sich in greifbarer Nähe befand. Wenn er das hier überlebte, würde er alles anders machen und endlich sein Leben auf die Reihe kriegen. Er musste es nur zum Ufer schaffen.

Dabei vergaß er aber völlig, dass er gerade übers Wasser lief und das er diese Fähigkeit von ihr erhalten hatte. Wenige Sekunden später wurde er daran erinnert. Die Wasseroberfläche brach mit einem Mal unter ihm zusammen und ließ ihn in den kalten See eintauchen. Dunkles Wasser hüllte ihn ein und kleine, blasse Fische schwammen an ihm vorüber. Sobald der erste Schreck überwunden war, begann er sich wieder nach oben zu kämpfen, wo er prustend durch die Wasseroberfläche brach und sich einen kurzen Moment des Durchatmens gönnte.

Das war ein Fehler. Denn kurz darauf packte ihn eine glitschige, faulige Hand die versuchte ihn erneut unter Wasser zu ziehen. Es brauchte nicht viel Fantasie, um zu wissen, wem diese Hand gehörte. Er kämpfte, er zappelte, er schrie um Hilfe, bis sein Hals schmerzte, aber niemand hörte ihn und er schaffte es nicht sich erneut loszureißen. Letztendlich erlahmten seine Kräfte und er tauchte wieder hinab in den See, wo er einmal mehr in das abscheuliche Wasserleichengesicht sehen musste.

„Es ist so schön nicht mehr allein zu sein", sagte das Ungeheuer und er vernahm ihre Stimme glasklar, obwohl sie sich mitten im Wasser befanden. Sie näherte sich ihm und schürzte die Lippen für einen Kuss. Die Vorstellung diese Lippen erneut zu berühren gab ihm noch einmal etwas Kraft.

Diesmal hätte er es vielleicht sogar geschafft sich von ihr zu befreien, wenn sich nicht plötzlich mehrere dicke, schleimige Süßwasseralgen, die aus dem schlammigen Boden des Sees emporschossen, um seine Hände und Füße gelegt hätten. Sie sahen zerbrechlich aus, aber wie Martin feststellen musste, waren sie fester und robuster als Eisenketten. Es gab kein Entkommen. Als ihn die fauligen Lippen der Frau erneut berührten, tröstete er sich damit, dass er sicher bald ertrinken und sie nie wieder spüren würde. Doch die Sekunden verstrichen und

er bemerkte kein Anzeichen von Atemnot oder Sauer-
stoffmangel.

Als sie die fransigen Fleischfetzen, die einst ihre Lippen
gewesen waren, endlich wieder von ihm zurückzog, sah
sie ihn lange aus ihren leeren Augenhöhen an. „Es ist so
schön, nicht mehr allein zu sein." wiederholte sie, um
dann nach einer kurzen Pause hinzuzufügen. „Wir werden viele Kinder haben". Mit diesen Worten griff sie
nach seiner Hose. Mit Fingern die tot und kalt waren
wie der Grund des alten Sees und doch nach neuem Leben gierten. „Nein! Ich will das nicht. Ich will nach
Hause. Lass mich gehen!" schrie Martin verzweifelt, was
ihm seltsamerweise auch unter Wasser gelang. Sie schüttelte den verrotteten Kopf und ihre dürren Haare zuckten wie fahle Würmer. „Wie ich es dir schon sagte. Du
kannst tun, was immer du willst. Wenn ich es dir erlaube
…"

Seit diesen Ereignissen sind bereits einige Jahre vergangen und niemand hat je wieder etwas von Martin gesehen oder gehört. Weder sein Chef, noch seine Bank
oder seine Frau. Immerhin: Letztendlich hat er wohl
doch noch alle Probleme hinter sich gelassen, die ihn so
gequält hatten.

Einige Spaziergänger berichten jedoch, dass man in
manchen Nächten seltsame Geräusche aus dem See hören kann. Das erregte Flüstern einer Frauenstimme, das
verzweifelte Klagen eines jungen Mannes und klatschende Schritte von kleinen Füßen, die das Ufer erkunden
und auf den richtigen Moment warten, um die Stille zu
brechen.

Fortgeschritten

Fernweh ist eine Sucht. Eine Krankheit. Ein rücksichtsloses und im Grunde unheilbares Fieber, das es einem aber schier unmöglich macht, mit seinem Leben zufrieden zu sein. Die Erreger sind überall. Dokumentationen, die fremde Städte, Landschaften und Sehenswürdigkeiten zeigen, und Filme und Serien, die sie mit faszinierenden Abenteuern füllen. Exotische Düfte und Klänge, die verlockende Bilder in unsere hilflosen Gehirne injizieren, wie unsichtbare, aber zutiefst aggressive Skorpione. Reiseberichte von anderen Erkrankten, die mit jedem ihrer wohlgesetzten Worte das Virus weiterverbreiten, und Reisebüros, die mit dem Leid der Infizierten gnadenlos Profite machen, indem sie ihnen unwiderstehliche Angebote für den nächsten Schuss, den nächsten Fieberschub, unterbreiten.

Ihr mögt meine Ansichten für übertrieben halten. Für das Gequatsche eines verbitterten Zynikers. Was ist schon verkehrt daran, neue Länder kennenzulernen, seinen Horizont zu erweitern und seine kleine, enge Alltagswelt von Zeit zu Zeit hinter sich zu lassen?

Nun, rein gar nichts. Genauso wenig, wie es verderblich ist, gelegentlich ein Glas Wein zu trinken oder sich eine Tafel Schokolade zu gönnen. Wie so oft macht die Dosis das Gift.

In kleinen Dosen ist Fernweh unproblematisch und vielleicht sogar bereichernd für unser Leben. Aber es gibt Menschen, denen ein Gläschen nicht reicht. Die nicht erkennen können oder wollen, wo ihre Grenzen liegen.

Ich bin so ein Mensch und ein kleiner Pauschalurlaub

von Zeit zu Zeit stellt mich schon lange nicht mehr zufrieden.

Eigentlich stamme ich aus Deutschland. Genauer gesagt aus einer miefigen, ländlichen Gegend dieses Landes. Der Wunsch, mehr von der Welt zu sehen, begleitete mich schon seit meiner Kindheit. Leider haben meine Eltern weder das Geld noch die Zeit für großartige Urlaubsreisen gehabt. Und ich freute mich umso mehr über jede der seltenen Gelegenheiten, zu denen meine Eltern mit mir wenigstens in eine der größeren Städte fuhren, auch wenn das oft genug zu Problemen führte. Denn nicht selten stahl ich mich bei der erstbesten Gelegenheit davon, um jede einzelne Gasse, jeden Hinterhof und jede Seitenstraße zu erforschen. Oft mussten meine Eltern mich stundenlang suchen und gelegentlich sogar die Polizei einschalten. Ich brauche wohl kaum zu erwähnen, dass mir das eine Menge Ärger eingebracht hat.

Alles in allem hasste ich meine Kindheit und da mir die Möglichkeit von realen Reisen verwehrt blieb, nutzte ich jede Chance, wenigstens geistig auf Reisen zu gehen. Ich konsumierte alles, was ich in Büchern, im Fernsehen oder im Internet über fremde Länder fand. Ich dachte auch öfter darüber nach, online Kontakte zu Menschen aus anderen Ländern zu knüpfen, sah aber letzten Endes davon ab. Es hätte das Mysterium zerstört. Wenn ich eins nicht wollte, dann war es zu erfahren, dass die Menschen in diesen Ländern letztlich auch nicht anders waren als ich. Ich wollte keine Völkerverständigung, keine Überwindung von Unterschieden.

Ich wollte das Fremde, das Unbegreifliche, das Seltsame. Ich wollte Orte besuchen, an denen ich mir wunderbar verloren vorkam. Deshalb sehnte ich mich mit der Zeit auch nicht mehr danach, internationale Großstädte zu besuchen, in denen es ohnehin überall die gleichen Clubs, Burger-Buden und Szene-Treffs gab. Ich suchte vielmehr nach lokalen Eigenarten, bizarren Bräuchen, kuriosen Überlieferungen und dergleichen und verlor mich mehr und mehr in derlei Fantasien und Tagträumen.

Wahrscheinlich wäre es unter normalen Umständen auch bei meinen Träumereien geblieben. Selbst unsere Klassenfahrten führten uns nicht über die Landesgrenzen hinaus und auch wenn ich die Schule einigermaßen ordentlich abschloss (was vor allem an meiner Begeisterung für Geografie und Fremdsprachen lag), so kam ich bei meinen Plänen, einen Beruf zu ergreifen, der meinem Fernweh entgegenkam oder der mir zumindest genügend Geld für weite Reisen einbrachte, kaum voran. Bei allem, was nicht mit Sprachen oder fremden Ländern zu tun hatte, fehlten mir schlichtweg die Konzentration und die Motivation, um wirklich gut oder auch nur akzeptabel darin zu sein.

Aber das Schicksal eröffnete mir einen anderen Weg zur Befriedigung meiner Sucht.

Eines Tages, als ich wieder ziellos und frustriert durch die Straßen meines provinziellen Kuhkaffs streifte, in dem ich im Übrigen so gut wie keine Freunde hatte, da niemand meine Leidenschaft für fremde Länder in gleicher Weise teilte und ich kein Interesse daran hatte, meine Zeit mit Smalltalk über die üblichen Themen zu vergeuden, entdeckte ich an einer Bushaltestelle etwas sehr Interessantes.

Das heißt, auf den ersten Blick war es eigentlich gar

nicht interessant. Vielmehr handelte es sich um den zer-
fledderten Prospekt eines Reisebüros. Normalerweise
war ich zwar nicht der Typ, der Müll von der Straße auf-
hob, aber da ich sonst nichts zu tun hatte, hob ich den
Prospekt dennoch auf und setzte mich damit auf einen
der beiden leeren Sitze. Der Prospekt war ziemlich dick
und trug das Logo einer Reisegesellschaft, die mir vollkommen unbekannt war. Dies allein war schon bemerkenswert, da ich mich schon oft nächtelang durch die
Angebote der verschiedensten Anbieter gewühlt hatte.
Aber ein Reisebüro mit dem Namen „Endless Horiz-
ons" war mir bislang noch nicht begegnet. Auch das
Logo, welches zwei Wellen zeigte, deren Schwung zusammen die Zahl „69" bildete, war mir vollkommen unbekannt.

Das Cover, das einen zerfallenen und von Ranken zuge-
wucherten Maya-Tempel inmitten des Dschungels abbil-
dete, übte aber – obwohl ziemlich zerknittert – die nöti-
ge Faszination auf mich aus, um mich zum Durchblät-
tern dieses Fundstücks zu bewegen.

Ich schlug also eine der vorderen Seiten auf und blickte
auf eine chinesische Marktszene. Der Markt war gut besucht. In den Auslagen befanden sich Obst-, Gemüse-,
aber auch Fleischsorten, wie man sie hierzulande kaum
findet, aber auch getrocknete Kräuter, verschiedene
Wurzeln, lebende Tintenfische, Insekten und vielerlei
weitere exotische Köstlichkeiten. Zwischen den Men-
schenmengen deuteten sich kleine, schmale Gassen an,
und neugierig, wie ich war, fragte ich mich sofort, was
sich dahinter befindet. Meine von unerfüllter Sehnsucht
geschulte Fantasie fütterte meinen Geist mit einer Flut
von Bildern und möglichen Szenarien und plötzlich

meinte ich sogar, die würzigen, intensiven Düfte wahrnehmen zu können und die feuchte, warme, stickige
Luft auf meiner Haut und in meinem Mund zu fühlen.
Genießerisch schloss ich für einen kurzen Moment die
Augen und als ich sie wieder öffnete, war ich dort.
Ich stand tatsächlich in einer dieser schmalen Gassen, in
der sich die Eingänge zu den anliegenden Wohnhäusern
befanden, und konnte vor mir die Hauptstraße mit den
Marktständen sehen. Kein Zweifel: Ich war hier. Ich
war wirklich und leibhaftig zum ersten Mal in meinem
jämmerlichen Leben in einem fernen Land.
Ich, der kaum je aus diesem verschissenen Kaff heraus-
gekommen war. Irgendwie hatte mich dieser alte, zer-
knitterte Reisekatalog hierher gebracht. Es war fast wie
in einem dieser Märchen, von denen mir meine Mutter
als Kind immer viel zu wenige vorgelesen hatte. Aber
das war jetzt egal. Das hier war real. Das war alles, was
zählte. Ich spürte Feuchtigkeit auf meiner Wange und
realisierte, dass ich weinte. Freudentränen. So musste
sich ein Gefangener fühlen, der nach zwanzig Jahren
Haft zum ersten Mal wieder einen Schritt in Freiheit tat.
Plötzlich hörte ich eine aufgebrachte Stimme hinter mir.
Als ich mich daraufhin umdrehte, sah ich dort eine alte,
runzlige Frau. Zwar verstand ich nicht im Geringsten,
was sie sagte, aber ihre Gesten gaben mir deutlich zu
verstehen, dass ich aus dem Weg gehen sollte. Ich lächelte sie an und trat tatsächlich zur Seite. Sie ging ohne
ein weiteres Wort an mir vorbei, wobei sie mir noch einen schrägen Blick zuwarf.
Das Gefühl, hier fremd zu sein, wurde vollkommen
übermächtig. Niemand kannte mich hier. Niemand verstand meine Sprache oder meine Kultur und ich nicht

die ihre, wenn man von ein paar Klischees und Vermutungen einmal absah. Ich hatte keine Ahnung, wo genau ich war und wie – oder ob – ich wieder nach Hause kommen würde. Ich hatte nicht mal mehr das Gefühl, überhaupt noch eine Heimat zu haben. Vielen Menschen würde dieser Gedanke Angst machen, aber in mir löste er eine ungeahnte Euphorie aus. Mein ganzes Leben über war ich regelrecht mit Heimat zugeschüttet worden. Hatte an ihrem Tropf gehangen und hatte ihre erstickende Geborgenheit wie einen Kloß in meinem Hals gefühlt. Hier aber war ich frei.

Dennoch wagte ich ein Experiment und versuchte mir für einen Moment wieder die dreckige Bushaltestelle vorzustellen, an der ich eben noch gestanden hatte. Ich schloss die Augen und versuchte das Bild meiner sogenannten Heimat in meinem Geist genauso lebendig werden zu lassen wie das des chinesischen Marktes, auf dem ich mich nun befand.

Es funktionierte sogar einigermaßen. Die Bilder meines Heimatdorfes wurden in meinem Kopf beinah real.

Aber als ich die Augen wieder öffnete, war ich trotzdem immer noch in China.

Ein befreiendes Gefühl der Endgültigkeit breitete sich in mir aus. Ich würde nicht mehr zurückkönnen. Selbst auf konventionellem Wege wäre das nicht so einfach möglich, da ich nicht mehr als ein paar Euro in der Tasche und auch nicht viel mehr auf meinem Konto hatte. Ich hätte mich hier wahrscheinlich viele Monate lang mit irgendwelchen Hilfsjobs durchschlagen müssen, bis ich irgendwann genügend Geld für die Heimreise zusammengehabt hätte. Aber das wollte ich auch überhaupt nicht.

Es war nicht so, dass ich meine Eltern hasste oder sie mir egal waren. In Wahrheit war – da ich keine Freundin und auch keine wirklichen Freunde hatte – die Vorstellung, sie nie mehr zu sehen, das Einzige, was mich in diesem Moment etwas traurig stimmte. Aber das Gefühl des Fernwehs war stärker. Ich hielt den Reisekatalog nach wie vor in meinen Händen und er versprach mir hunderte von exotischen Reisezielen. „Unendliche Horizonte" – anscheinend war das ausnahmsweise mal ein Firmenname, der hielt, was er versprach.

Ich verspürte den starken Drang, mich sofort zu meinem nächsten Reiseziel zu begeben und zu sehen, welche Wunder der Katalog noch für mich bereithielt. Aber zunächst entschloss ich mich dazu, meinen aktuellen Aufenthaltsort etwas genauer zu erforschen.

Ich streifte also mehr oder weniger ziellos durch die verwinkelten Gassen, beobachtete die Menschen, wie sie ihrem Tagewerk nachgingen, und nahm tatsächlich auch einige Gelegenheitsjobs an, als mein Magen zu knurren begann, auch wenn das wegen der Sprachbarriere nicht so leicht war. Es war aber auch nicht unmöglich. Denn wenn es darum ging, Dinge zu schleppen oder Böden zu schrubben, sind Sprachkenntnisse zum Glück nicht von allzu zentraler Bedeutung.

Auf diese Weise lebte ich einige Wochen vor mich hin, erkundete die Stadt und das umliegende Land und schlief in der Nacht entweder bei einem meiner Arbeitgeber oder einfach auf offener Straße. Doch schließlich vernahm ich erneut den sirenenhaften, bittersüßen Ruf des Fernwehs. Ich hatte mich schon viel zu lange an diesem Ort aufgehalten und zugelassen, dass sich wieder etwas wie Gewohnheit, Vertrautheit, ja sogar beinah ein

Gefühl von Heimat in mir breit machte. Es war höchste Zeit, zu neuen Horizonten aufzubrechen. Damals war ich noch der festen Überzeugung gewesen, dass dieser Wunsch aus mir selbst entsprang und nichts mit dem mysteriösen Reisekatalog zu tun hatte. Heute bin ich mir da nicht mehr so sicher.

Jedenfalls warf ich einen letzten Blick auf die engen, stickigen Gassen der Stadt, nahm den Katalog zur Hand, den ich sicher in dem Rucksack verstaut hatte, welchen ich glücklicherweise fast immer mit mir führte, blätterte ein wenig durch die Seiten und entschied mich für mein nächstes Ziel.

Nach und nach bereiste ich auf diese Weise die ganze Welt. Ich reiste buchstäblich in alle Metropolen der Erde, besuchte unentdeckte Kannibalenstämme in dichten Dschungeln, bereiste isolierte Inselgruppen und verbotene, heilige Orte mannigfaltiger Religionen. Ich erforschte das australische Outback und die skandinavischen Wälder und sah sogar Orte, von denen ich noch nie zuvor gehört hatte, die sich aber dennoch unter dem gleichen blauen Himmel befanden, unter dem ich einst geboren worden war. Ich entdeckte viele Wunder und viel Schönheit, sowohl in den Menschen als auch in der Natur, aber heute muss ich mir eingestehen, dass es eher die menschlichen Abgründe waren, die mich anzogen. Das Düstere. Das Okkulte. Das Morbide.

Ich sah von Inzest geprägte Dörfer voller degenerierter Einwohner. Ich beobachtete Menschenopfer, rituelle Verstümmelungen, Folter, Vergewaltigungen, Menschenhandel. Ich sah Kinder, die einfach in der Wildnis ausgesetzt oder in Flüsse geworfen wurden, weil sie Behinderungen aufwiesen oder aus irgendeinem Grund als unrein oder verhext galten, und dergleichen mehr. All diese Eindrücke sog ich in einer Art von abartigem, voyeuristischem Vergnügen in mich auf und berauschte mich daran und an meiner eigenen Unangreifbarkeit. Denn immer, wenn man mich entdeckte und mich für meinen Frevel bestrafen oder mich als Zeugen beseitigen wollte, flüchtete ich an den nächsten aufregenden Ort.

Der Katalog schien mir eine nie endende Auswahl an Reisezielen zu bieten. Und dennoch war dieser Eindruck trügerisch. Denn die Seitenzahl war zwar hoch, aber endlich. Und noch dazu war mir ein Teil des Katalogs nicht zugänglich. Ganz am Ende waren einige Seiten durch ein schwarzes Deckblatt abgetrennt, auf dem in dicken weißen Buchstaben stand:

„Für Fortgeschrittene"

Die Seiten dahinter ließen sich nicht einsehen. Es war fast so, als würden sie von irgendeiner Kraft zusammengehalten, auch wenn ich keinen Kleber oder etwas Ähnliches erkennen konnte. Ich dachte kurz darüber nach, sie gewaltsam auseinanderzuziehen, entschied mich aber am Ende dagegen. Immerhin wollte ich den Katalog nicht beschädigen. Wer sagte mir, dass er dann noch funktionieren würde? Also übte ich mich – trotz aller Neugier darauf, was sich hinter dieser mysteriösen Seite verbergen mochte – in Geduld.

Lange musste ich aber nicht warten. Denn schon bald hatte ich einen Großteil der zugänglichen Orte besucht und ich stellte außerdem bei entsprechenden Versuchen fest, dass ich jeden Ort nur einmal besuchen konnte. Nicht nur, dass meine Bestrebungen, ihn zu visualisieren, zu nichts führten, die jeweiligen Seiten verblassten sogar mit der Zeit, bis sie irgendwann vollkommen weiß und leer waren. Ein Zurück gab es also nicht mehr und jede Reise blieb somit eine einmalige Erfahrung.

Gleichzeitig bemerkte ich, dass die Zeitspanne, über die mich die Wunder eines bislang unbekannten Ortes fesselten und faszinierten, immer kürzer wurde. Zunächst dauerte es immer ein oder zwei Wochen, später meist nur noch wenige Stunden, bis ich den Ruf der Ferne erneut in solcher Klarheit und Dringlichkeit vernahm, dass ich ihm einfach folgen musste. Ohnehin war mein ganzes Wesen von immer größerer Unruhe geprägt und mich beschlich das unangenehme Gefühl, dass mich wohl nichts auf dieser Welt noch wirklich würde faszinieren können. In Wahrheit verschmolzen all die unbekannten Städte, Dörfer und Landschaften zuletzt zu einem undifferenzierten, traumhaften Strom aus Bildern, der an meinen Augen und meinem Geist vorbeirauschte, ohne dabei irgendwelche bleibenden Spuren zu hinterlassen.

Schließlich kam der Tag, an dem ich mein letztes „normales" Reiseziel besucht hatte. Als ich das realisierte, befand ich mich gerade am Strand einer offensichtlich unbewohnten Insel, die aber gleichwohl bevölkert wurde von Waranen, bemerkenswert großen Spinnen und Ameisen sowie von diversen Schlangenarten. Ich hatte die Insel akribisch nach Zeichen von menschlichem Leben abgesucht, in der Hoffnung, auf irgendeinen mysteriösen, bislang von den Fesseln der Zivilisation verschonten Stamm mit unbekannten Bräuchen und Eigenheiten zu treffen, aber dabei absolut nichts entdeckt. Entsprechend enttäuscht und desillusioniert saß ich im Sand und nahm einmal mehr den Katalog zur Hand.

Hinter mir der gefährliche und doch so uninteressant gewordene kleine Wald und um mich herum ein Ozean, dessen titanische Weite und Tiefe mir mit einem Mal so erstickend eng und gewöhnlich vorkamen, und über mir der blaue Himmel, der auf mich kaum mehr Faszination ausübte als ein nachlässig gemaltes Deckenbild für Kinder. In Wahrheit – das weiß ich jetzt – hatte mich in diesem Moment rein gar nichts mehr fasziniert. Ich war nichts weiter als ein Junkie auf der Suche nach dem nächsten Schuss und ich musste dringend die Dosis erhöhen. Hastig blätterte ich durch die leer gewordenen Seiten zu dem schwarzen Abschnitt und hoffte, nein BETETE, dass er sich für mich öffnen würde.

Er tat es.

Ich konnte das Deckblatt („Für Fortgeschrittene") so einfach umblättern, als wäre das die ganze Zeit über schon möglich gewesen. Auch die Seiten dahinter waren schwarz. Und statt irgendwelcher Szenen oder Landschaftsaufnahmen waren darauf lediglich Worte abgedruckt. Worte, die ich nicht verstand, die aber eine seltsame, fremdartige Anziehungskraft auf mich ausübten. Das erste hieß:

„Andradonn"

Da ich diesmal kein Bild hatte, in das ich versinken konnte, spürte ich dem Klang dieses Wortes nach. Er klang schwer, erdig. Wie der Schlag eines Hammers gegen eine Glocke. Ich versuchte eins mit diesem Klang zu werden, mit jedem einzelnen Buchstaben des Wortes. Und tatsächlich: Es gelang.

Der Strand war verschwunden. Stattdessen fand ich mich in einer Stadt wieder, die sich auf den ersten Blick kaum von westlichen Metropolen wie Berlin, New York,

London oder Paris unterschied.

Es gab dort Geschäfte, Hochhäuser, Passanten, Autos und alles, was man in einer Großstadt erwartete. Auch die Menschen selber sahen ziemlich gewöhnlich aus. Zunächst war ich etwas enttäuscht – irgendwie hatte ich etwas ... Geheimnisvolleres ... erwartet – aber auf den zweiten Blick zeigten sich die Unterschiede.

Die Menschen in Andradonn bewegten sich seltsam ruckartig, schwankend und irgendwie schleifend, so als hätte sich irgendwo in ihrem Genpool eine Raupe oder ein Wurm verewigt.

Die Geschäfte boten auffallend viele Waffen an – von Messern und Armbrüsten bis hin zu vielerlei modernen Schusswaffen. Es gab aber auch Geschäfte, die offen für Folterwerkzeuge warben und deren Plakate deren Anwendung explizit und äußerst grafisch darstellten. Manche davon wurden sogar als Sonderangebote angepriesen. Und es gab Lebensmittelläden, die Dinge anboten, die ich zwar nicht genau identifizieren konnte, die aber streng rochen und in mir vage Assoziationen zu Organen und Gedärmen hervorriefen.

Die Menschen, die ihre Autos verließen, stiegen nicht einfach nur aus ihnen aus. Sie lösten sich vielmehr mit einem lauten Schmatzen aus ihren Sitzen und wenn sie sich von ihren Fahrzeugen wegbewegten, spannten sich dabei organisch wirkende Fäden zwischen den Autos und ihren Körpern, wie bei geschmolzenem Käse auf einer Pizza. Erst wenn die Fahrgäste – die allesamt gleichgültige und leere Gesichter hatten – ungefähr zehn Meter von ihrem Gefährt entfernt waren, zogen sich die Fäden wieder in das Fahrzeug zurück. Danach fuhren die Autos selbstständig weiter und suchten sich neue

Fahrgäste, wobei sie die meisten von ihnen offensichtlich gegen ihren Willen „einsammelten". Eine Frau, die auf der anderen Straßenseite entlanglief, wurde von vier umherpeitschenden Tentakeln gepackt, die aus einem rot lackierten Kleinwagen schossen und sie dann einfach über den Asphalt schleiften, als wäre sie ein Fisch an einer Angel. Die Frau schrie mit einer grotesk tiefen, raubtierhaften Stimme, deren Klang ich jetzt noch in den Ohren habe. Erst jetzt bemerkte ich auch, dass manche der Passanten sich ängstlich in die Eingänge von Geschäften, hinter Mülltonnen oder Werbeplakate duckten, um nicht von einem der Fahrzeuge erwischt zu werden. Ich kannte diese Welt nicht, aber irgendwie hatte ich das Gefühl, dass es nicht unbedingt eine gute Idee war, sich von einem dieser Fahrzeuge einfangen zu lassen.

Ich ließ meinen Blick umherschweifen und entdeckte am Ende der Straße ein pulsierendes, gänzlich schwarzes Gebäude, das an ein mittelalterliches Schloss erinnerte und das zwei breite, burgtorartige Eingänge besaß. Das Bauwerk hockte zwischen den strahlend weißen, modernen Häuserfronten wie eine fette, hungrige Spinne und präsentierte auf einer Art Anzeigetafel in riesenhafter, goldener Neonschrift kryptische Schriftzeichen, die alle paar Sekunden wechselten. Dass es sich dabei um verschiedene Sprachen handelte, die wahrscheinlich aus allen denkbaren Ländern und Dimensionen stammten, begriff ich erst, als schließlich auch meine eigene darauf zu lesen war. Die Aufschrift besagte demnach folgendes:

„Ministerium für Wesensentkernung"

Die Worte erzeugten ein beklemmendes Gefühl in mei-

ner Brust, was nicht zuletzt daran lag, dass sie meine
Fantasie stärker anregten, als es mir lieb sein konnte.

Erst jetzt fiel mir auf, dass die meisten der menschen-
sammelnden Autos direkt in den linken Eingang des Mi-
nisteriums hineinfuhren und einige andere es durch das
rechte Tor wieder verließen.

Zum ersten Mal während all meiner Reisen stieg echte
Angst in mir hoch, die noch dadurch verstärkt wurde,
dass nun ein großer, schwarzer Kombi im Begriff war,
direkt neben mir vorbeizufahren, wobei ich den Eindruck hatte, dass seine Scheinwerfer mich wie zwei
wachsame Augen fixierten.

Ich reagierte sofort und doch hatte ich gerade einmal
geschafft, den Reisekatalog aus meinem Rucksack zu
holen, als der Wagen bereits diese dünnen, gierigen Fäden aus seiner Karosserie hervorstreckte. Kalter
Schweiß brach aus all meinen Poren heraus, meine Hände zitterten und mein Überlebensinstinkt riet mir, einfach nur wegzulaufen. Aber ich kämpfte diesen Impuls
nieder. Das Ding würde mich einholen. Meine einzige
Chance auf Flucht lag in dem Katalog. Hastig schlug ich
ihn auf der nächsten Seite auf:

„Itsch Zingtzschar"

stand darauf. Ein Wort wie aus einem Schlangenmund.
Ich schloss die Augen und blendete den Gedanken an
das organische Auto – an den „Sammler" – aus. Ver-
drängte mit aller Kraft die Vorstellung, dass die Fäden
jeden Moment meinen Nacken berühren und mich in
sein Inneres und dann in dieses schreckliche Gebäude
zerren könnten. Es gab nur noch das Wort. Ich wurde
das Wort.

Als ich die Augen öffnete, war der Himmel nicht mehr

blau – er war violett. Die Sonne hingegen, die dreimal so groß wie gewohnt am Himmel stand, war blau. Ein lodernder, hellblauer Ball wie aus chemischem Feuer, der die schroffe, steinige Landschaft, die sich vor mir ausbreitete, in ein gespenstisches, unwirkliches Licht tauchte. Die Luft war warm, aber staubtrocken, und ich konnte kleine Staubpartikel sehen, die wie winzige Diamanten schimmerten. Ein Geruch wie von heißem, nassem Asphalt erfüllte meine Nase.

Das Geräusch von Wellen drang an meine Ohren und lenkte meine Aufmerksamkeit auf ein aufgewühltes, schwarzglänzendes, peitschendes Meer. Als ich meine Augen darauf richtete, erkannte ich, dass ich auf einer hohen, felsigen Klippe stand, die sich sicher dreißig Meter über den Meeresspiegel erhob.

Die Welle war höher.

Und die Flüssigkeit, aus der sie bestand, war ganz sicher kein Wasser. Sie war vielmehr pechschwarz und ölig und trug einen scharfen, vergorenen Geruch mit sich, der meine Nase reizte und meine Augen brennen und tränen ließ. Es war, als hätte man Hausmüll verflüssigt und ihn mit scharfen Chemikalien gemischt. Ich wollte – nein, durfte – von dieser Welle nicht berührt werden. Und doch erkannte ich, dass sie mich einholen würde. Diesmal rannte ich tatsächlich. Ich rannte, wie ich noch nie zuvor gerannt war, und wären meine Beine nicht bereits von all den vielen Reisen gut trainiert gewesen, so hätte ich nicht die geringste Chance gehabt, der Brühe zu entgehen.

Doch auch so schaffte ich es nicht.

Zwar gelang es mir der eigentlichen Welle zu entkommen und mich zuletzt mit einem hastigen Sprung aus der Gefahrenzone zu befördern, aber einige Spritzer erreichten dennoch meine Klamotten. Das Zeug fraß sich sofort gierig durch sie hindurch, aber es war nicht wie bei Säuren oder anderen Chemikalien. Es war mehr, als… als würde die Flüssigkeit leben. Als wäre sie hungrig auf den Stoff meiner Kleidung und viel mehr noch auf das, was unter meiner Kleidung lag. Hastig und gerade noch rechtzeitig streifte ich meine Hosen und mein T-Shirt vom Körper und ließ sie einfach liegen, während sich diese Flüssigkeit erst über die Kleidungsstücke hermachte, dann aber langsam auf ich zuzukriechen begann. Nur mit Unterwäsche und Rucksack bekleidet (den ich glücklicherweise bei meiner Flucht vor der Welle nicht verloren hatte), kämpfte ich mich in eine aufrechte Position und rannte einfach weiter.

Nach einiger Zeit schien das Nicht-Wasser seine Verfolgung aufzugeben.

Ich sah mich um und erblickte eine Art… Stadt. Eigentlich passte dieser Begriff nicht, aber es war der Beste, den ich hatte, um das zu beschreiben, was ich vor mir sah. Die Gebäude hier waren nicht mehr als schiefe, völlig unlogisch konstruierte, ruinenartige Gebilde, die im bläulichen Licht der Sonne groteske Schatten warfen. Und es waren Hunderte von ihnen. Tausende. Vielleicht noch viel mehr, die sich allesamt an eine dünne, lange, gepflasterte Straße aus grünlichen, glitschigen Ziegeln drängten wie verlorene, ängstliche Kinder an den Leib ihrer toten Mutter. „Tod" war das passende Stichwort. Genau das atmete diese Stadt mit jedem ihrer unsichtbaren Atemzüge aus. Die niederschmetternde und endgültige Essenz des Todes. Eine Mischung aus Traurigkeit und grenzenloser Furcht, die jeden Lebensmut zu packen und mit scharfen Klingen zu zerlegen drohte.

Doch das war noch nicht alles. In der Ferne, ganz am Ende des sichtbaren Bereichs der Straße, sah ich SIE. Gebeugte, kriechende, humanoide Gestalten. Ich konnte sie nicht genau erkennen, sah in dem fremden Licht und unter den blassen Nebelbänken, die an einigen Stellen über diese Stadt der Toten hinwegzogen, kaum mehr als Schatten. Aber dennoch sah – oder empfing – ich einzelne Bilder von ihnen. Ich sah ihre trostlosen, verlorenen Rudel. Sah ihre langen, staksigen Glieder, ihre schiefen, mit zu vielen Zähnen gefüllten Münder. Ich sah Augen, die den oberen Teil ihrer Köpfe fast gänzlich ausfüllten und die stets in unterschiedliche Richtungen blickten. Ich sah, dass sie an irgendetwas nagten. Und ich spürte, dass sie sich sehnten. Nach Wärme, nach Leben, nach Fleisch und nach etwas, dass ich noch viel weniger hergeben wollte – hergeben konnte – als diese Dinge. Schlimmer als all diese Erkenntnisse war aber eine andere:

Sie hatten mich entdeckt. Das wusste ich ohne jeden Zweifel. Und sie kamen näher. Sehr langsam zuerst, als wären sie torkelnde Betrunkene, die sich desorientiert auf ihren Heimweg machten, doch beängstigend schnell, als ich den Katalog herausholte. Kurz bevor ich das nächste Wort las und aus dieser Hölle floh, konnte ich noch einen Moment lang ihre Stimmen hören. Sie riefen meinen Namen.

So ging es weiter. Ich besuchte die ratternden, endlosen Maschinengärten von „Dank Qua", die nebligen Grabfelder von „Luth Nomor", die Nadelwelten von „Rihn", die blutsaufenden Pilzgärten von „Qui Wahtsche", die zitternden Labyrinthe von „Jin Dragag", die von nie endenden Schlachten gepeinigten Ebenen von „Konor", die heulenden, lichtlosen Wälder von „Urg", die schwitzenden Seuchenhöhlen von „Hyronanin" und viele weitere, zumeist schreckliche Orte voller albtraumhafter Geschöpfe, gestaltloser Ängste, feindlicher Naturgewalten und verdrehter Naturgesetze.

Nun liege ich in ihrem Bett, wenn man es so nennen kann. „Xakraschidaa" war das Wort, ihren Namen aber kenne ich nicht, falls sie überhaupt einen hat. Viele von ihnen fressen ihre Männer nach der Paarung, aber sie scheint nicht dazuzugehören. Auf irgendeine verdrehte Art scheint sie mich zu mögen, auch wenn das schwer festzustellen ist. Sie ist nun mal mehr Insekt als Mensch und ihre Facettenaugen sind stets ausdruckslos. Ihre Lippen hingegen sind wie meine, wie auch die Haut in ihrem Gesicht, auch wenn sie Fühler statt Ohren besitzt. Manchmal küsst sie mich, was mich ziemlich anekelt, da ich dann manchmal die Beißzangen in ihrer Mundhöhle mit meiner Zunge berühre. Oft wird mir sogar übel und ich spüre einen säuerlichen Geschmack in meiner Kehle. Aber bisher konnte ich mich beherrschen. Wer weiß, was sie mit mir macht, wenn sie merkt, dass sie mir nicht gefällt.

Ohnehin sind die Paarungsakte schlimmer. Zunächst hätte ich nicht erwartet, dass es überhaupt möglich ist - wie sollte sich ein Mensch mit so einem Wesen paaren können? Aber es funktioniert.

Sogar... der Akt. Ich meine, anfangs dachte ich nicht, dass es... dass ich... meinen Mann stehen könnte, vor lauter Angst oder Ekel und dem Gefühl von harten, kaltem Chitin auf meiner Haut, oder diesem verstören Zirpen, Klicken und Quietschen, welches fast unablässig aus ihrem Mund dringt. Aber vielleicht sind es irgendwelche Duftstoffe, die an meiner Abscheu vorbei direkt auf die relevanten Teile meines Körpers wirken. Oder aber in mir verbirgt sich eine extreme Form von Xenophilie. Eine dunkle Perversion, derer ich mir selbst nicht bewusst bin. Ich weiß es nicht genau, auch wenn ich die erste Theorie für wahrscheinlicher halte, da ich nicht sonderlich viel Freude bei unseren Paarungsakten verspüre. Jedenfalls haben wir Kinder gezeugt. Viele von ihnen. Hunderte. Manche ähneln mir, haben fast menschliche Köpfe, manchmal sogar normale Augen zwischen ihren Fühlern. Andere hingegen …

Jedenfalls sprechen sie nicht. Und sie zeigen auch kein Interesse an mir. Dafür bin ich dankbar. So wie ich auch dafür dankbar bin, dass sie und ihr Staat mich vor den Wesen beschützen, die vor ihrem Nest lauern. Unaussprechliche Geschöpfe, die unter den brodelnden Himmeln ihre langen, drohenden Schatten ausbreiten. Titanische Prädatoren, die selbst Götter das Fürchten lehren könnten. So bizarr, so bösartig und verstörend, dass sie mir dagegen wie ein Geschenk des Himmels erscheint. Dennoch kann ich nicht behaupten, dass ich glücklich bin. Ganz und gar nicht. Manchmal in der Nacht, wenn sie mich in ihren Klauen hält, als wären wir ein ganz normales Paar, wenn ich vor Ekel und Angst nicht schlafen kann, denke ich an mein Zuhause. An mein miefiges, kleines Dorf. An meine Eltern. Und an den Katalog, den ich unter meinem Bett versteckt habe. An manchen Tagen lässt sie mich allein, um zu jagen. Sie bringt mir dann immer fleischige, weiße Käfer mit langen Beinen und mächtigen Mandibeln mit. Sie schmecken abscheulich und sind oft noch halb lebendig, sodass ich sie zitternd und krabbelnd hinunterschlucken muss. Immerhin halten sie mich bei Kräften.

Noch wichtiger aber ist, dass ich an einem dieser Tage fliehen könnte. Ich könnte den Katalog hervorkramen und meine letzte Chance nutzen. Es gibt nur noch eine beschriebene Seite darin. Alle anderen sind leer. Das Wort auf dieser Seite habe ich noch nicht gelesen, aus Angst davor, damit bereits eine Reise auszulösen.

Denn, das fragte ich mich in jeder einzelnen Minute, was würde mich auf der letzten Seite erwarten? Würde die dahinter verborgene Welt besser sein als diese? Oder viel, viel schlimmer?

Diese Frage war wichtig, denn dann gäbe es keine Flucht mehr und auch kein Zurück. Wie immer dieser neue Ort sein würde: Er würde für mich letztlich das werden, was ich so lange hinter mir lassen wollte: Meine Heimat.

Und noch eine Frage beschäftigt mich, jenseits aller Risikoabwägungen. Jenseits aller Ängste und Hoffnungen. Das Fernweh war letzte Nacht wieder erwacht und ich fragte mich: Wie lange kann ich seinem Ruf noch widerstehen?

Dimensionsverändernder Text

Dieser Text ist eine Übersetzung aus einer fremden Sprache, deren Bedeutung und Grammatik inzwischen längst vergessen sind. Er wurde aber bereits in vielen anderen Sprachen übersetzt, gelesen und vorgetragen. Und nun hat er auch dich erreicht. Doch sei gewarnt: Sobald du ihn liest oder hörst, wird dein Leben nie mehr so sein wie zuvor. Wenn du also dein Leben so magst, wie es ist, solltest du jetzt aufhören, zu lesen oder zu lauschen.

„So viel sei bekannt, dass es der Welten zahllose gibt. Wie ein Fürst wandelt in seinen tausend Hallen, so kann ein jeder Mann und ein jedes Weib zum Wanderer zwischen den Welten werden. Einen langen Gang gehen wir Sterblichen vom ersten Schrei bis zum letzten Seufzer und dieser Weg erscheint uns bisweilen wie vorgezeichnet. Mit Regeln, die ein jeder versteht, wenn er seine Schritte nur mit offenen Sinnen tut. Mit einem Anfang und einem Ende. Gleich einem treuen Gaul, dem man die Scheuklappen angelegt hat, beschreiten wir seinen Verlauf. Und genauso, so sagen es viele Gelehrte, ist es uns von den Göttern bestimmt.

Doch wer den Mut hat den Göttern zu trotzen, kann Abzweigungen beschreiten und die wohlbekannten Mauern seines Weges durchstoßen.

Dratt Ghiljantin Dratt Kuranchin
Dratt Queljahor Dratt Deminquor

seien die Worte, die solches bewirken. Wer sie gelesen oder gehört, ist fortan des Todes.

Er sinket danieder wie vom Blitze erschlagen und seine Freunde grämen sich und vergießen seinetwegen heiße Tränen des Kummers. Denn sein alter Gang ist eingestürzt. Sein altes Leben verloschen, wie eine Kerze im Regen. Und doch ist es nur wenigen gegeben, diesen Tod auch zu bemerken.

Denn schneller als ein Wimpernschlag besetzt der Geist ein neues Fleisch. Der Körper entspricht gänzlich seiner bekannten Gestalt. Der Reisende findet sich augenscheinlich genau dort wieder, wo er eine Sekunde zuvor lag, saß oder stand, ganz als wäre keinerlei Zeit verstrichen. Alles mag ihm so erscheinen, wie es immer schon war. Aber das ist es mitnichten. Denn der Reisende hat nun die Wand durchbrochen und den Gang gewechselt. Jeder Schritt, den er nun tut, ist wie ein Schritt in einem fremden Land, in einer Nacht, in der der Mond sein Antlitz nicht zeigt. Denn keine Welt gleicht der anderen, mag sie noch so enge Verwandtschaft haben.

Mancher, der bisher sein Freund war, mag nun Gift im Herzen und einen Dolch hinter dem Rücken tragen. Manche Dinge, die er für feste Gewissheiten hält, haben sich nie zugetragen. Dafür ereignen sich andere Geschehnisse, die früher kaum möglich schienen. Schwachsinnige werden zu Herrschern erkoren, Allianzen zerbrechen, Festungen zersplittern. Derlei Verschiedenheiten erstrecken sich auf alle Bereiche des Lebens. Speisen, die bislang süß und erquickend waren, sind nun bitter und giftig. Was bisher schön war, mag nun als hässlich gelten und umgekehrt.

Und auch manche Gesetze der Natur verlieren ihre Gültigkeit und machen neuen Regeln Platz. War der Reisende es etwa bisher gewohnt, dass Nachtgestalten und

Schrecknisse ihn nur im Reich der Träume heimsuchen konnten, dass Gedanken folgenlos blieben und dass er seinen Sinnen trauen konnte, so mag sich all dies mit einem Mal gänzlich gewandelt haben. Niemand – nicht einmal der Weiseste – kann vorhersagen, welche Gestalt diese neue Welt im Detail haben wird. Sicher ist nur eines: Einen Pfad zur Rückkehr gibt es nicht. Nie mehr. Willkommen also, Reisender! Willkommen in deiner neuen Welt!"

Dunkle Jahreszeiten: Fäulnisfrühling

Prolog

"Frühling, Sommer, Herbst und Winter sind des lieben Gottes Kinder". So zumindest heißt es in einem Kinderreim. Eine schöne Vorstellung. Da hat uns ein liebender Gott das Leben mit wechselhaften Jahreszeiten bereichert, die alle ihre eigene Schönheit besitzen. Damit wir uns im Frühling küssen, im Sommer sonnen, im Herbst durch die Blätterhaufen tanzen und im Winter durch verschneite Märchenlandschaften stapfen können. Aber das ist nur ein Teil der Wahrheit. Derjenige, der gut aussieht. Der Teil für die Plakate und Prospekte, die verkünden: „Kommt auch du auf die Erde, den Planeten auf dem wir gut und gerne leben."
Aber das ist nichts als Blendwerk. Nichts als eine süße Lüge, die sich die Welt seit Jahrhunderten erzählt, um besser schlafen zu können. Aktuell mögen die Jahreszeiten, zumindest in unseren Breiten, mild und harmonisch daherkommen. Aber die alten Aufzeichnungen lang vergessener Völker berichten etwas anderes. Sie erzählen von Jahreszeiten, die nicht aus dem Schoß Gottes kommen, sondern aus dem stinkenden Herzen der Hölle. Sie berichten vom „Fäulnisfrühling", dem „Staubsommer", dem „Hungrigen Herbst" und dem „Schwarzen Winter". Vier Jahreszeiten, die die Welt zu verschiedenen Zeiten heimsuchten und die uns jederzeit wieder begegnen können. Ich werde sie euch allesamt vorstellen, damit ihr vorbereitet seid, wenn es soweit ist. Doch eins solltet ihr wissen: Wenn alle Jahreszeiten aufeinander folgen, wird unsere Welt ein Ende haben.

Fäulnisfrühling

"Frühling lässt sein blaues Band
Wieder flattern durch die Lüfte;
Süße, wohlbekannte Düfte
Streifen ahnungsvoll das Land."

- *Eduard Mörike*

Im Frühling erwacht das Leben. Alles drängt in die
Existenz und breitet sich zu voller Blüte aus. Im Fäulnisfrühling ist es nicht anders. Nur dass die Dinge, die
dann wachsen und gedeihen vor allem Mikroorganis-
men und Pilze sind. Krankheiten verbreiten sich wie
Brände an heißen Sommertagen. Viren und Bakterien
vermehren sich schneller als jedes Medikament sie ein-
dämmen könnte. Menschen laufen hustend, eiternd,
brechend, blutend und scheißend durch die Städte und
stecken einen jeden an, der in ihre Nähe kommt. Selig
ist der, der Zugang zu sterilen Laborräumen hat, sich nie
weit von starken Desinfektionsmitteln entfernt oder der
weitab von der Zivilisation lebt.
Doch auch diese Glücklichen sollten sich an den Hunger gewöhnen. Denn giftige Pilzflechten, die gleich einer
Welle über das Land schwappen, überziehen Felder und
zerstören Ernten. Und auch Fleisch, Obst und andere
frische Lebensmittel verderben innerhalb kürzester Zeit.
Selbst Konserven müssen Minuten nach dem Öffnen
verzehrt werden, um nicht mehr Schaden als Nutzen im
Körper anzurichten.
Tod und Krankheit erblühen in allem was lebt und machen es zu einem Spiel mit dem Feuer, im Freien unter-

wegs zu sein. Aber auch in geschlossenen Räumen ist es oft nicht viel sicherer. Schimmel und Fäulnis breiten sich in Wohnungen und Kellern aus und ihre in dichten Wolken umhertreibenden Sporen verstopfen die Lungen.

Immerhin kommen auch die Frühlingsgefühle nicht zu kurz. Einige der Parasiten und Bakterien, die im Fäulnisfrühling die wahren Götter auf dieser Welt sind, setzen sich auch in den Gehirnen der bedauernswerten Menschen fest und sorgen dafür, dass dort die Hormone sprudeln wie ein frischer Quell im lichten Sonnenschein. Hormone, die dafür sorgen, dass sie nichts lieber tun, als die Gesellschaft von anderen Menschen zu suchen und ihre Leiber mit ihnen in einem frühlingshaften Tanz der Liebe zu vereinen. Auch dann, wenn sie sie unter gewöhnlichen Umständen unsympathisch, unattraktiv oder abstoßend gefunden hätten oder wenn sie vor lauter Geschwüren, Flechten und Ekzemen kaum noch als Menschen zu erkennen sind. Und ehe man sich versieht, hat man neben Schmetterlingen auch eine ganze Menge Krankheitserreger und Sporen im Bauch.

Natürlich erblüht auch im Fäulnisfrühling die Pflanzenwelt. Ganz besonders die „Rosacea Morbus", deren Samen tausende von Jahren ungeöffnet in der Erde überleben können und die nur im Fäulnisfrühling zu blühendem Leben erwacht.

Die Rosacea Morbus ist eine seltene, wunderschöne Rosenart mit intensiven Duft, der ein ganz spezielles Insekt anlockt. Dieses wespenartige Insekt hat keinen Namen außer dem Tod und ist dafür bekannt in großen Schwärmen aufzutreten und seine Eier tief im Fleisch von Menschen und Säugetieren abzulegen, wo sich die frisch geschlüpften Larven gierig und genüsslich durch ihr Gewebe fressen. Mit einem Eifer wie er nur neugeborenen Geschöpfen gegeben ist, die noch hungrig auf das Leben sind.

Es ist eine Zeit, in der jede Hoffnung fern scheint. Und doch gibt es immerhin einen Trost für jene, die in dieser Jahreszeit um ihr Überleben kämpfen. Wenn der Fäulnisfrühling endlich endet, verfliegen alle Schrecken und Gefahren und all Diejenigen, die nicht bereits qualvoll zugrunde gegangen sind, erfahren eine plötzliche, wundersame Heilung.

Aber selbst die Überlebenden tragen den erschütternden Anblick der Erkrankten und Verstorbenen und den allgegenwärtigen, süßlichen Duft nach Eiter, Fäulnis und Tod noch lange in ihren Nasen und ihrem Gedächtnis. Falls sie ihn überhaupt je loswerden.

Achtet also auf die Zeichen. Denn nicht immer, wenn die Luft im Frühling süße Düfte trägt, ist dies auch ein Zeichen der Hoffnung.

Nächstes Mal berichte ich euch von den Heimsuchungen des Staubsommers. Wenn ihr es denn hören wollt ...

Dunkle Jahreszeiten: Staubsommer

„Golddurchflammte Ätherwogen,
Schwerer Äste grüne Bogen,
Süß verwob'ne Träumerei'n…
Sommer, deine warmen Farben,
Helle Blumen, gold'ne Garben
Leuchten mir ins Herz hinein…"

– Lisa Baumfeld

Der Sommer ist wohl die Jahreszeit, die die Meisten von uns bevorzugen. Wir genießen die Wärme der Sonne auf unserer Haut, räkeln uns an Seen und Stränden und treffen uns des Nachts zu Grillfesten oder an Lagerfeuern wie um irgendeinem archaischen Feuergott zu huldigen. Es ist eine Zeit in der viele dieser Erinnerungen geboren werden, von denen wir uns auch dann noch erzählen, wenn der Sommer unseres Lebens längst vorüber ist. Mit einem Lächeln auf den Lippen und einem kleinen Rest jener Wärme in den Augen, die wir in diesen Sommern in unserer Seele eingeschlossen haben.

Der Staubsommer hingegen ist nicht der Stoff aus dem wärmende Nostalgie geschaffen wird.

Während im Fäulnisfrühling alles vor tödlichem Leben und ungesunder Feuchtigkeit überquillt, ist der Staubsommer vor allem eine Zeit quälender Trockenheit.

Es ist heiß – die Temperaturen erreichen leicht fünfzig, sechzig Grad oder mehr – und auch wenn diese Hitze den Menschen zusetzt und so manchen in den Tod treibt, ist sie nicht der eigentliche Grund dafür, den Staubsommer zu fürchten. Schlimmer als die Sonne, die in dieser Zeit jedwede Zurückhaltung aufgibt, ist der „Gelbe Staub".

Denn vor allem er ist es, der jegliche Feuchtigkeit aus allen Dingen zieht und sie an einen unbekannten Ort verbannt. Pfützen, Schwimmbäder, Wassertanks, Flüsse, Seen, Wolken und sogar Meere trocknen aus. Tiere, Pflanzen und Menschen werden zu verdorrten und toten Hüllen, denn auch ihr Lebensfunke entspringt dem Wasser. Dabei geschieht dies nicht in jedem Fall mit derselben Geschwindigkeit. Während die Wasservorräte des Planeten recht schnell verschwinden, dauert es bei Wasser, welches in Lebewesen gebunden ist, länger. Vor allem bei Tieren und Menschen kann sich die Austrocknung eine ganze Weile hinziehen. Und dieses Zeitfenster bietet Optionen.

Denn während die Pflanzen keine Wahl haben, als letztlich zu vertrocknen und zu vergehen, genießen Tiere und Menschen den unschätzbaren Vorteil der Beweglichkeit. Sie können dort hingehen, wo es noch Flüssigkeit gibt. Und für Gewöhnlich tun sie das auch. Es beginnt mit einem Kampf um die letzten, schwindenden Wasserreserven. Bei den Menschen mag hierbei – aufgrund der Errungenschaften der Zivilisation – zunächst noch ordentlich rationiert, verteilt und organisiert werden. Aber sobald den ersten klar wird, dass das zugeteilte Wasser nicht mehr für sie und ihre Familien reicht, wird es genauso sein wie bei den Tieren: Ein gnadenloser Kampf um das kostbare Lebenselixier entbrennt und fordert unzählige von Todesopfern.

Kugeln werden abgefeuert, Messer gezückt, Steine auf Köpfe geschmettert, um alle Konkurrenten um die letzten kostbaren Tropfen auszuschalten. All dies wird noch

befeuert von vertrocknenden Gehirnen, die vom einge-
dickten Blut kaum noch mit Sauerstoff versorgt werden
und die ihren nahenden Tod durch die wildesten Wahn-
vorstellungen zu verschleiern suchen. Irgendwann während dieses wilden Blutbads – spätestens wenn das Wasser endgültig von der Erde verschwunden ist – werden
die ersten feststellen, dass Wasser nicht die einzige Flüs-
sigkeitsquelle darstellt. Auch aus den Körpern, die wie
geplatzte Orangen rund um die ausgetrockneten Was-
serstellen liegen, sickert köstliches, rotes Nass. Spröde,
raue und gierige Lippen werden sich dann an offene
Wunden setzen oder neue Öffnungen schaffen, um dort
ausgiebig zu trinken. Und wenn die gefallenen Früchte
allesamt leergetrunken sind, werden neue geerntet werden.

Einige Wohlhabende mögen in diesen modernen Zeiten
versuchen ihre Wasserreserven mit Filtern und Lüf-
tungssystemen vor dem Gelben Staub zu schützen. Eine
Möglichkeit, die den Altvorderen nicht zur Verfügung
stand und die sogar einigermaßen funktioniert. Zumindest eine Zeitlang, wenn gewisse Bedingungen erfüllt
sind.

Erstens sollten sie möglichst viele Pflanzensamen, sowie
trockene Lebensmittel wie Mehl, Nudeln, Reis, Eiweiß-
pulver, Trockenobst und Dergleichen in ihren Vorrats-
kammern lagern. Jedes Korn und jeder Samen kann
nach dem Ende des Staubsommers über Leben und
Tod entscheiden.

Zweitens sollte die Elektronik und Mechanik sehr wi-
derstandsfähig sein. Denn der Gelbe Staub kann leicht
Platinen verschmoren, Maschinen verstopfen und so
jede Schutzmaßnahme ad absurdum führen.

Drittens sollte es in diesen Refugien keine schwangeren Frauen geben. Denn aus jedem Kind, das in dieser Zeit geboren wird, wird ein sogenanntes „Dürrebalg". Ein vertrocknetes, hässliches, aber lebensfähiges Monstrum mit dürren Gliedern und sandpapierartiger, rauer Haut, das seiner Mutter im Moment der Geburt sämtliche Flüssigkeit entzieht und welches den Gelben Staub ausatmet wie eine Pestilenz.

Dass diese Kinder auch außerhalb der Refugien geboren werden, bringt uns unmittelbar zur vierten Überlebensregel: Jedes Refugium muss über sehr dicke Mauern und gut durchdachte Verteidigungsanlagen verfügen. Denn anders als der Gelbe Staub selbst, sind Dürrebälger intelligent und unglaublich stark, wodurch es ihnen ein leichtes ist auch massive Hindernisse zu zerstören. Neben den Dürrebälgern gilt es natürlich auch verzweifelte, verdurstende Menschen und Tiere fernzuhalten und den seltenen aber fatalen Gelben Staubstürmen zu widerstehen. Den schrecklichen Momenten, wenn der Gelbe Staub nicht träge und sanft über das Land hinwegschwebt, sondern mit gewaltiger Macht jedem ungeschützten Menschen das verdorrte Fleisch von den spröden Knochen schält und auch schlecht geschützte Rückzugsorte bis auf die Grundmauern schleift.

Jene, die diese Regeln befolgt haben, gehören zu den wahrscheinlichsten Überlebenden, wenn der Staubsommer endet. Doch auch, wenn die Temperaturen plötzlich fallen und von der lang erhofften Erlösung kunden, sollten sie ihre Festungen nicht zu früh verlassen. Denn alle Flüssigkeit, die der Gelbe Staub in sich aufgenommen hat, wird am Ende des Staubsommers mit einem Mal der Erde zurückgegeben, was zu gewaltigen Flutwellen und erneuten Verheerungen führt. Danach – und wirklich erst danach – können sich die Überlebenden wieder ins Freie begeben und sehen, was sich mit der versehrten Erde noch anfangen lässt. Als Nächstes gilt es euch vor den Gefahren des Hungrigen Herbst zu warnen. Verpasst diese Warnungen nicht. Euer Leben könnte davon abhängen.

Dunkle Jahreszeiten: Hungriger Herbst

„Durch die Wälder streif' ich munter,
Wenn der Wind die Stämme rüttelt
Und im Rascheln bunt und bunter
Blatt auf Blatt herunterschüttelt."

— *Friedrich von Sallet*

Der Herbst. Die Zeit der Melancholie und der inneren
Einkehr. Die Zeit der Dichter und Philosophen. Wenn
gnadenlose Stürme, den langsamen Tod des Jahres ein-
leiten und verfärbte Blätter von kraftlosen Bäumen her-
absinken wie die Haut eines Leprakranken. Die Zeit in
der Geister und Dämonen ein Stück näher an die Mauern unserer heilen Welt gerückt sind und prüfend ihre
Klauen nach winzigsten Öffnungen ausstrecken.
Schon der normale Herbst ist eine unheimliche Zeit.
Kalt, trist und ungemütlich. Doch er ist auch immer ge-
würzt mit diesem Versprechen von Gemütlichkeit, Ro-
mantik, Tiefsinn und rauer Schönheit. Eigenschaften,
die dem Hungrigen Herbst völlig fehlen.
Der Hungrige Herbst beginnt mit dem „Heulen". Starken Stürmen, die bereits größte Verwüstungen anrich-
ten, Menschen und Tiere wie Blätter umherwehen und
die Dächer vieler Häuser und Geschäfte abdecken. In
diesen verheerenden Winden wohnen schrille, klagende
Stimmen. Sie klingen wie ein Heer verzweifelter Seelen,
die wegen all der Dinge trauern, die noch kommen werden. Als Nächstes folgt das „Fallen", wie die alten Bücher es nennen. Hierbei mag der unschuldige Laie an

das Fallen von Blättern denken. Das ist nicht gänzlich falsch, trifft aber nicht den eigentlichen Sinn des „Fallens". Natürlich fallen auch im Hungrigen Herbst die Blätter, und zwar in bemerkenswert großer Zahl und sogar bei immergrünen Bäumen. Aber die Blätter sind nicht das einzige Opfer, dass die schweigenden Riesen des Pflanzenreichs bringen müssen.

Viele Bäume verlieren auch ihre Zweige und selbst dicke Äste fallen einfach ab. Bei anderen löst sich sogar die Rinde vom Stamm und lässt den bedauernswerten Baum schutzlos zurück. Nicht jeder Baum erlebt einen solchen Verfall, aber die Legenden erzählen, dass von einem von drei Bäumen nicht mehr als ein lebloser Stumpf verbleibt.

Dort, wo die Blätter und Zweige im gewöhnlichen Herbst ein Segen für den Boden sind, ihn mit Nährstoffen versorgen und den Keim für neues Wachstum bilden, verbreiten sie im Hungrigen Herbst ein gefährliches Gift, welches jegliches Leben auslöscht und den Boden für viele Jahre sterilisiert.

Doch das „Fallen" macht bei den Bäumen nicht halt. Auch die Menschen sind seinen fatalen Auswirkungen unterworfen. Es beginnt meist harmlos, mit ausfallenden Haaren. Selbst jenen Menschen, die zuvor nie unter Haarausfall litten, fallen sie in großen Büscheln aus und keine Kur oder Tinktur kann etwas dagegen ausrichten. Diese erste Phase des „Fallens" betrifft alle Menschen und Tiere.

Wirklich schlimm wird es aber erst für all jene, bei denen das „Fallen" sich vollkommen entfaltet. Der schwere Verlauf beginnt mit dem „Wilden Hunger", zu dem wir später noch kommen werden. In der nächsten Stufe lösen sich dann Fußnägel und Fingernägel aus Fingern und Zehen und lassen empfindliches, rohes Fleisch zurück, ohne je wieder nachzuwachsen. Schmerzen und Entzündungen sind die Folge. Als Nächstes werden die Zähne der Unglücklichen locker und fallen letztlich einer nach dem anderen wie welke, abgestorbene Blätter aus dem Kiefer und auch jede Art von Prothese ereilt das gleiche Schicksal. In der letzten Stufe fällt die Haut ab. Zunächst nur die obersten Schichten – ähnlich wie bei einer Schuppenflechte – dann aber ganze Hautpartien bis tief hinunter zum Fleisch. Am Ende steht der Tod durch Blutvergiftungen, Erstickung oder Kreislaufkollaps.

Viele Säugetiere, Fische, Vögel und Reptilien sind auf ähnliche Weise betroffen, und wenn der Hungrige Herbst endet, bedecken oft mehr Leichen, Hautfetzen, Fellstücke, Schuppen, Federn, Nägel, Krallen und Haare als Blätter den Boden.

Der bereits erwähnte „Wilde Hunger" ist für die Betroffenen Fluch und Ausweg zugleich. Denn die einzige Chance den körperlichen Verfall aufzuhalten besteht darin, das Fleisch jener zu verzehren, die von der gleichen Art wie man selbst sind. Ihr mögt es „Kannibalismus" nennen und sofort hart darüber urteilen. Aber ich bin sicher, wenn ihr erst beginnt euch aufzulösen, werdet ihr sehr schnell anders darüber denken. Ohnehin sind jene im Vorteil, die ihre Skrupel möglichst bald überwinden. Denn ohne Fingernägel, Zehennägel oder gar Zähne ist es sehr schwer seine Beute zu stellen, zu erlegen oder etwas von dem wertvollen Fleisch zu verzehren. Kreativere Zeitgenossen werden vielleicht einen Mixer bemühen, um Hände, Arme oder Beine in einen

nahrhaften Brei zu verwandeln und auch ganz ohne
Zähne am heilenden Effekt des Fleisches teilzuhaben.
Selbstverständlich sollte eins solcher Mixer stark und ro-
bust sein, da Knochen nicht so einfach brechen.
So oder so ist eines sicher: Die Betroffenen werden jagen müssen. Denn Friedhöfe und Leichenschauhäuser
bieten nicht lange einen moralischen Ausweg, wenn
Tausende und Abertausende nach neuen Nahrungsquel-
len suchen. Die Gesunden werden dabei eine extrem be-
liebte Beute sein. Zum einen sind sie besonders nahrhaft
und zum anderen sind sie leichter zu erlegen. Denn da
in ihnen kein „Wilder Hunger" wohnt, sind sie weniger
aggressiv und weniger bereit, für ihr Überleben bis zum
Äußersten zu gehen. Diese Besonnenheit kann aber
auch ein Vorteil sein und alles in allem hat eine gut orga-
nisierte Gruppe von gesunden Menschen wohl noch die
besten Chancen den Hungrigen Herbst zu überleben.
Denn für die Erkrankten gibt es wenig Hoffnung.
Die erfolgreichsten Jäger mögen ihren Verfall eine Zeit
lang verlangsamen, aber sie können ihn nicht stoppen.
Und auch das beste Fleisch kann nicht zurückgeben,
was einmal verloren ist. So werden jene Menschen bestenfalls als verstümmelte, zahnlose Wracks das Ende
dieser grauenhaften Jahreszeiten erleben.
Doch auch für die Gesunden gibt es noch zwei erwäh-
nenswerte Gefahren, die zwischen ihnen und einem
Happy End stehen. Zum einen gilt es alles Obst und alle
Früchte zu meiden, die mit dem vergifteten Laub in
Kontakt gekommen oder auf derart verseuchtem Boden
gewachsen sind. Wer von einer solchen Frucht kostet,
stirbt innerhalb von Stunden an schmerzhaften, blutigen
Brechdurchfall. Ein guter Grund, bereits früh Vorräte

an sicheren, unbelasteten Nahrungsmitteln anzulegen. Zum anderen schwebt über jedem von ihnen das dunkle, kalte Schwert einer unnatürlichen Todessehnsucht und Depression. Der dunklen Schwester der bekannten herbstlichen Melancholie. Und dieses Schwert bietet sich Tag um Tag und Nacht um Nacht lockend und verheißend all jenen an, die einen schnellen Ausweg aus dieser Welt des Wahnsinns und Vergehens suchen.

Auch das fröhlichste Gemüt mag diesen Stimmen irgendwann Gehör schenken, wenn Freunde und Familie erst zu verstümmelten, skrupellosen Bestien verkommen sind und das Auge nichts anderes mehr als Leid und Verzweiflung erblicken kann. Umso mehr, da diese Stimmen ihr Bestes tun, jedes Körnchen Hoffnung und Lebensfreude aufzusaugen, das sie noch erspähen können.

Und so finden viele von denen, die gute Chancen aufs Überleben gehabt hätten, den Tod durch ihre eigene Hand und baumeln glubschäugig und blaugesichtig an einem Strick, wenn der Hungrige Herbst sich zurückzieht und die Welt in einen friedlichen und gewöhnlichen Winter entlässt.

Nächstes Mal sei die Rede vom Schwarzen Winter. Ihr solltet euch besser warm anziehen.

Dunkle Jahreszeiten: Schwarzer Winter

"Oh, the weather outside is frightful
But the fire is so delightful
And since we've no place to go
Let it snow, let it snow, let it snow"

– Jule Styne / Sammy Cahn

Wenn die Welt von der unheilvollen Faust des Schwarzen Winters ergriffen wird, ist das wahrhaft ein Anlass zur Furcht. Der Schwarze Winter ist kalt. Doch das ist seine einzige Gemeinsamkeit mit seinem gewöhnlichen Verwandten. Wer mit dem Winter Dinge wie fröhliches Schneetreiben, den würzigen Geruch von Bratäpfeln und Tannennadeln, zauberhafte, weiße Landschaften und innere Einkehr verbindet, sollte sich lieber schnell von diesen Bildern verabschieden.
Auch im Schwarzen Winter fällt Schnee. Doch er ist von nicht von reinem Weiß, sondern von bräunlich, schwarzer Farbe und fällt aus aschgrauen und manchmal auch dunkelroten Wolken. Seine Konsistenz ist ölig und schmierig, aber es ist keine gute Idee ihn zu berühren.
Denn trifft er erst auf ungeschützte Leiber, so frisst er sich mühelos durch Haut, Fleisch, Organe und Sehnen. Lediglich Knochen bieten ihm Widerstand. Da der Schwarze Schnee allein Menschen verzehrt, ist man im Haus vor ihm sicher, sofern alle Fenster und Öffnungen gut abgedichtet sind. Allerdings verbreitet er einen verlockenden, süßlichen Duft, der geradezu dazu einlädt

herauszukommen und mit seinen Flocken zu spielen. Wer nicht die größte Selbstbeherrschung besitzt, ist gut beraten sich im Haus anzuketten, wenn der Schwarze Schnee auf die Welt niedergeht. Andernfalls wird er als schmutziges, zerfressenes, bizarres Denkmal enden und als schaurige Mahnung für Andere dienen, bis der Schwarze Winter wieder endet, der schwarze Schnee abtaut und ihn als blankpoliertes Skelett zurücklässt.

Auf Tiere indes hat der Schnee eine andere Wirkung. Bei Ihnen dringt er harmlos durch Haut, Fell und Federkleid hindurch und gelangt letztlich in ihr Gehirn, wo er grauenhafte Verheerungen anrichtet. Die betroffenen Geschöpfe verlieren jegliche Fähigkeit zur Organisation und jede Bindung zu Artgenossen und Menschen. Rudel, Schwärme und Herden lösen sich auf, wie auch jedwede Vertrautheit von Haus- und Nutztieren zu ihren Besitzern. Zurück bleiben geistlose Geschöpfe, die wahllos töten. Und zwar nicht etwa, um ihren Hunger zu stillen, sondern aus reiner Lust an der Zerstörung. Aus diesem Grund ist es auch dann höchst gefährlich das Haus zu verlassen, wenn sich keine einzige Wolke am Himmel zeigt. Denn man weiß nie, welche Kreaturen sich in der Nähe befinden. Andererseits: Ohnehin widerstehen nicht viele Türen einem wilden Bären, der mit dem Schwarzen Schnee infiziert ist. Oder ein paar Dutzend wahnsinniger Ratten. Und wer kann schon sagen, ob der eigene Hund bei der letzten, sicher erscheinenden Gassirunde, nicht die Nase in das kalte Verhängnis gesteckt hat und sich die Gefahr womöglich bereits im eigenen Haus befindet. Ein Umstand, der ziemlich unerfreulich sein kann, wenn man es erst bemerkt, nachdem man gerade alle Türen und Fenster fest vernagelt hat.

Aber auch wer kein Haustier besitzt, ist nicht unbedingt frei von Gefahren und Plagen. Zwar überleben in der Kälte nur wenige Insekten, aber jene Käfer, Schaben, Fliegen, Mücken, Wespen und Bienen, die noch umherfliegen und krabbeln sind von der gleichen schwarzen Zerstörungswut getrieben wie Säugetiere und Vögel und weit weniger leicht auszusperren und werden nicht zögern von ihren Stacheln, Rüsseln und Beißwerkzeugen Gebrauch zu machen.

Weit beunruhigender noch sind aber die Kristallherzen. Was geradezu poetisch klingt, ist vielmehr ein wahrer Fluch. Stellt euch vor, ihr und euer Partner seid gemeinsam in einer Hütte oder einem Haus eingeschlossen und verbarrikadiert euch vor den Schrecken des Schwarzen Winters. Im Kamin brennt ein flackerndes, knisterndes Feuer. Aber das Einzige, was euch wirklich wärmt, ist eure Liebe. Sie ist der einzige Grund noch weiterzumachen. Das einzige Stück Frühling, an dem ihr euch festklammern könnt.

Aber die Tage werden immer kürzer, die Nächte immer kälter und irgendwann findet diese Kälte ihren Weg ins Innere. Nicht nur ins Innere des Hauses, sondern ins Innere eines Herzens. Dabei schlägt sie immer dort zu, wo zwei Menschen versammelt sind, die sich sehr nahe stehen. Egal, ob es sich dabei um Liebende, Geschwister oder Mutter und Kind handelt.

Erst wird euer Gefährte immer einsilbiger. Immer verschlossener und introvertierter. Die Haut wird Stück für Stück eisiger, die Lippen und Augen werden blau oder weiß und egal, wie nah ihr euren Liebsten ans Feuer oder an die Heizung bringt, er wird sich dennoch nicht mehr aufwärmen. Er ist ein Kristallherz geworden. Ihr werdet versuchen ihm Liebe zu geben, ihn mit Umarmungen und freundlichen Worten zu wärmen, aber ihr werdet nicht mehr zu ihm durchdringen.

Eines Morgens wird er völlig apathisch sein. Eine atmende, starrende Hülle, die keine Nahrung mehr braucht und eine Kälte verströmt, die euch schier den Verstand rauben kann. Ihr werdet euer Bestes tun, um euch von ihm fernzuhalten. Ihr werdet den Raum meiden wollen, indem dieser tief gekühlte Körper dampfende Eiswolken in die Luft bläst und euch mit diesem grauenhaften Blick ansieht. Aber letztlich werden euch die Ungewissheit, die Einsamkeit und die trügerische Hoffnung, die jedem Menschen zu eigen ist, immer wieder zu ihm führen und euch seine eiskalte Hand halten lassen.

Und ihr werdet fortan in ständiger Angst leben. Denn es gibt einen Gedanken, der noch grausiger ist als der, dass sich dieses kalte Stück Fleisch auch im Frühling nicht mehr regt und euer Partner für immer verloren ist: Was ist, wenn sich dieses Ding eines Nachts doch erhebt? Was wird es tun? Und was wird seine Schritte lenken? Ihr könntet nun meinen, dass es am sichersten ist, euch ganz allein in einer warmen Hütte oder einer gut geheizten Wohnung zu verschanzen. Aber das trifft nicht in jedem Fall zu. Manchmal, wenn die Kälte im Schwarzen Winter besonders tief ins Fleisch schneidet und wenn der Schwarze Schnee besonders schlimm wütet, bilden sich die Schwarzen Gletscher. Eisige Giganten aus gepressten Schwarzem Schnee, die sich rücksichtslos durchs Land fressen und mit Vorliebe die einsamsten Menschen komplett in ihren Häusern einschließen, bis sie langsam erfrieren oder ihnen die Luft ausgeht. Bis dahin allerdings hören sie nagende, flüsternde Stimmen, die sich bisweilen in einen unerträglichen Chor der Verdammnis steigern, durch den aber wieder und wieder – als wäre es eine Anklage – die Stimmen jener durchklingen, die im Leben des Isolierten einmal eine Rolle gespielt hatten.

Irgendwann endet es. Die Temperaturen steigen, der Schwarze Schnee löst sich in Nichts auf und bis auf die Kristallherzen erinnert nichts außer den angerichteten Zerstörungen mehr an den Schwarzen Winter.

Ein sanfter und wunderschöner Frühling wird dann folgen und viele der Wunden heilen, die der Schwarze Winter der Welt geschlagen hat.

Anders verhält es sich aber, wenn der Schwarze Winter nicht alleine kam. Wenn er vielmehr die letzte Spielkarte des unheiligen Quartetts aus Fäulnisfrühling, Staubsommer, Hungrigem Herbst und Schwarzem Winter gewesen ist, die das Schicksal auf den Tisch legt. Wenn die Welt alle vier Schrecken durchleben musste und das Leben auf ihr nicht länger existiert. Wenn die Jahreszeit anbricht, die fortan immer herrschen wird: die Fünfte Jahreszeit. Von ihr sollt ihr im letzten Teil meiner Ausführungen lesen. Und ich hoffe für euch – und für uns alle, dass ihr sie niemals erleben müsst.

Dunkle Jahreszeiten: Die Fünfte Jahreszeit

*„Schneller als der Blitz erfüllt das Gefühl meine Seele,
aber anstatt mir Klarheit zu schaffen, entflammt
und blendet es mich. Ich fühle alles und begreife nichts. "*

- Jean-Jacques Rousseau (1712 – 1778)

Es ist also geschehen. Die vier dunklen Jahreszeiten haben sich nacheinander ereignet und die Welt ist nun nicht mehr als eine tote und sterile Kugel im All. Jegliches Leben wurde in Krankheit, Kälte, Hitze und blinder Zerstörungswut ausgelöscht. Zurück bleibt ein lächerlicher Grabstein im gleichgültigen Sternenmeer, auf dem die Inschriften, die unsere Existenz hinterlassen haben langsam verblassen und letztlich verschwinden werden.

Das ist dann das Ende unseres Lebens. Aber nicht das Ende unserer Qualen. Denn auch wenn unsere Körper zerfallen sind, so sind unsere Seelen noch existent und sind nun schutzlos der ultimativen Marter ausgeliefert: Der Fünften Jahreszeit.

Natürlich hat nie jemand diese Zeit erlebt. Aber Völker, viel feinfühliger und hellsichtiger als wir, haben Visionen davon empfangen. Prophezeiungen, deren Inhalt ich euch hier näherbringen werde.

Viele werden an den Karneval denken, wenn sie von der „Fünften Jahreszeit" hören. Aber die Fünfte Jahreszeit ist kein Karneval. Kein ausschweifendes Fest des Fleisches. Sie ist ein Schlachtfest der Seelen.

Wir alle treiben umher in völliger Leere. Nackt und

ohne jeden Schutz, ohne jede Möglichkeit überhaupt zu handeln und etwas an unserem Los zu ändern. Wir sind nicht allein, aber die anderen sind so fern und unerreichbar wie die Sterne. Aufgereiht wie an einem unsichtbaren Gitter, schweben unsere Seelen gleich verlorenen, geisterhaften Silberperlen durch einen schwarzen Raum ohne Anfang und Ende. Die anderen Verdammten, sind gerade nah genug um uns wissen zu lassen, dass sie da sind. Aber wir können sie nicht erreichen, nicht erkennen, wer sie sind, nie mit ihnen kommunizieren und keinen Trost aus der Tatsache ziehen, dass wir nicht alleine sind.

Wer dieses Gefängnis errichtet hat, wissen wir nicht. Und einen Ausweg erkennen wir ebenfalls nicht. Was hauptsächlich daran liegt, dass es keinen gibt.

Manch einer mag bei diesen Schilderungen an die Hölle denken, aber es gibt hier keinen Teufel den man verdammen und an den man seine Flüche und Schreie richten könnte. Niemanden, der zuhört. Niemanden, den es interessiert und der wenigstens Befriedigung aus unseren Qualen ziehen würde. Es gibt keinen versteckten höheren Sinn. Es gibt vielmehr überhaupt keinen Sinn, worin vielleicht eine der grausamsten Qualen dieser Jahreszeit liegen mag. Aber es gibt noch andere.

Denn auch wenn dieses kosmische Gefängnis zunächst still und leer erscheint, so gibt es auch hier Wetter wie bei jeder Jahreszeit. Von Zeit zu Zeit ziehen gewaltige Schmerzgewitter über uns hinweg, die uns klar machen, warum wir diesem Gefühl Zeit unseres Lebens bestmöglich aus dem Weg gegangen sind. Sie machen sich als rotleuchtende, halb transparente Wolken bemerkbar aus denen rote Blitze auf uns niederfahren. Und diese

Blitze bringen den Schmerz.

Der Schmerz kommt dabei in vielfältigen Formen. Als Verbrennung, Verbrühung, Schnitt, Quetschung, Stich, Häutung, Zahnschmerz, Kopfschmerz, Verätzung und in tausend Formen, die wir auf Erden nie erdulden mussten. Denn auch wenn wir keine Körper mehr haben, so können wir dennoch Schmerzen empfinden, und zwar ohne die Gnade der körpereigenen Drogen, die uns sonst die Qualen gelindert haben. Der Schmerz tritt ungefiltert und gewaltiger in unser Sein als es sich ein Folterknecht je hätte wünschen können. Und wir haben weder die Möglichkeit zu gestehen, noch zu sterben. Lediglich auf ein Ende des Gewitters können wir hoffen. Allerdings bedeutet das nicht, dass es dann vorbei ist. Das nächste Schmerzgewitter wird schon bald kommen und bis dahin suchen uns noch andere Phänomene heim.

Zum Beispiel kann es sein, dass ein purpurnes Leuchten am schwarzen Horizont einen heraufziehenden Angststurm ankündigt. Wie bei einem normalen Sturm wird er zunächst fast zärtlich unser astrales Haar durchwühlen, wird uns dann aber kurz darauf mit einem Kaleidoskop vollendeter Ängste quälen. Halluzinationen, noch echter als das Leben, suchen uns Heim. Gesichter von grauenhaften Kreaturen, die uns in der Nacht auflauern, von Vergewaltigern und Psychopathen, denen wir ausgeliefert sind, von unvorstellbar abscheulichen Krankheiten, an denen wir Zugrunde gehen und weiteren schier unvorstellbaren Ängsten, die mit jedem Angststurm eine neue Intensität und Kreativität erreichen.

Nicht minder verstörend ist der Regen der Trauer. Schwere, dunkelblaue Tropfen, deren gestaltlose Berührung uns zynisch von all den Dingen berichtet, die wir verloren haben. Wir sehen uns im wilden Rausch der ersten Liebe, erfahren die Vorfreude, während wir eine Party für unsere Freunde vorbereiten, den Stolz und die Anerkennung einer ganz besondere Leistung, die tröstende Umarmung unseres besten Freundes oder unserer besten Freundin, die Schönheit eines Sonnenuntergangs an einem glitzernden, reinen See oder des Sonnenaufgangs an einem warmen Sonntag in unserer Heimatstadt.

Doch all dies ist vergiftet mit dem Stachel des Verlustes, mit dem Wissen, dass es niemals wiederkehrt und dass wir allein daran schuld sind, dass wir es nie mehr erfahren werden. Dieses Gefühl des Verlustes und der Trauer darüber ist so stark, dass jegliche angenehme Nostalgie augenblicklich zu Asche zerfällt.

Ähnlich und doch gänzlich anders ist die Nebel der Depression. Ein schwarzes Geisterband, welches unsere Sinne umwölkt und uns endgültig von allem um uns herum abschneidet. Wir werden auf uns selbst zurückgeworfen und erkennen das ganze Ausmaß der Ausweglosigkeit unserer Lage. Und wir zerbrechen daran. Schmerz, Trauer und Verzweiflung gerinnen zu einer dumpfen, leeren Resignation, die auf ihre Art noch viel schlimmer ist als die schmerzhafte Sehnsucht, die der Regen der Trauer uns bringt.

Es gibt noch viele weitere Phänomene, die diese sinnlose interdimensionale Folterkammer heimsuchen. Den Hasshagel, die Winde der Reue, den Donner der Eifersucht und dergleichen mehr. Die schlimmsten astralen Wetterphänomene, welche uns in der Fünften Jahreszeit heimsuchen, sind aber die Hoffnungsschauer.

Sie sind weder sicht- noch fühlbar, aber ihre Wirkungen bemerken wir überdeutlich. Sie zeigen sich als Türen in wunderschöne Paradiese, die sich schließen, kurz bevor wir die Hand danach ausstrecken können. Als engelhafte Gestalten, die sich knapp außerhalb unserer Reichweite befinden. Als Halluzinationen in denen wir scheinbar in unserem Bett erwachen, nur um wieder durch irgendeine Tür oder durch ein kurzes Blinzeln in unser ewiges Gefängnis zu wechseln, gerade wenn sich die Erleichterung in uns breitmacht. Diese Momente der trügerischen Hoffnung sind eine besonders perfide Qual. Denn sie verhindern, dass wir uns unserem Los fügen und in eine schützende Apathie versinken. Denn auch wenn der Volksmund etwas anderes behauptet – die Hoffnung stirbt nicht zuletzt. Sie stirbt nie. Und da sie sich dennoch nie erfüllt, wird genau darin unsere schlimmste Folter liegen, wenn wir erst in der Fünften Jahreszeit erwachen.

All dies muss nie eintreffen und man kann nur hoffen, dass irgendein Gott oder eine andere gnädige Kraft uns davor bewahren wird. Und wenn es etwas Derartiges nicht gibt, dann doch wenigstens der schützende Schild der Wahrscheinlichkeit.

Aber wenn es sich wirklich ereignet, wisst ihr wenigstens, was euch erwartet.

So oder so ist es ratsam sich an jeder gewöhnlichen Jahreszeit zu erfreuen. Wann immer ihr euch über die Kälte des Winters, die Stürme des Herbstes oder die Hitze des Sommers beschweren wollt, solltet ihr innehalten und daran denken, dass es schlimmer sein könnte.

Viel, viel schlimmer!

Dein Lied sei mein

Peter hatte noch den Staub des Ackers an den Händen
kleben, als er sich auf dem kleinen Dorfplatz auf einem
der Steine niederließ, die dort als Sitzgelegenheit aufge-
stellt worden waren. Der Stein war rau und hart, worin
er sich kaum von besagten Händen unterschied. Auch
sie waren rau, schwielig und hart von der anstrengenden
Feldarbeit. Es war lange her, dass er sich etwas Ruhe ge-
gönnt hatte, seit seine Frau Hildegard dem Fieber erlegen war. Er wäre damals fast daran zerbrochen und hatte Gott - wenn auch still und nie in Gegenwart der
Priester - dafür verflucht, dass er sie ihm weggenommen
hatte. Sie war eine gute Frau gewesen. Eine bessere als
ein Mann wie er es verdient hatte.
Er hatte sie nie geschlagen oder gezüchtigt, aber nun wo
sie fort war, wünschte er sich dennoch, nicht so mür-
risch und harsch gewesen zu sein, wie er es oft gewesen
war. Jedenfalls hatten alle Trauer und aller Gram nichts
geholfen. Die Felder mussten bestellt werden. Zum
Glück standen ihm seine beinah erwachsenen Söhne
Karl und Sven dabei zur Seite. Sie waren kräftige und
fleißige Burschen und dabei recht prachtvoll anzuschau-
en, auch wenn sie bei all der harten Arbeit keine Zeit für
die Brautschau fanden. Sven allerdings hustete in letzter
Zeit viel. Das machte Peter Sorgen, da es bei Hildegard
genauso angefangen hatte. Er betete seitdem täglich zu
Gott, dass er seinen Sohn verschonen möge und hoffte,
dass er ihm ob der zornigen Worte, die er beim Tod seiner Frau gedacht hatte, nicht zu sehr zürnte.

Er durfte seinen ältesten Sohn nicht auch noch verlieren. Er hatte ihn oft gebeten sich mehr Ruhe zu gönnen, aber Sven war ein Starrkopf und arbeitete trotz seines Hustens nicht weniger hart als Karl und er selbst. Dann gab es da noch seine Tochter Inga. Sie war klug und liebreizend und seinem Herzen eine Freude, aber sie war auch von zerbrechlicher Gestalt und keine so kräftige Arbeiterin wie es Hildegard gewesen war. Sollte Sven etwas passieren, so glaubte er nicht, dass sie den Hof würden halten können. Früher oder später würden sie in Schuldknechtschaft geraten oder noch Schlimmeres. All diese Sorgen hielten Peters Gedanken Tag für Tag gefangen, während seine Hände pflanzten, ernteten oder jäteten, bis er, wenn die Sonne sich senkte, in einen kurzen und zumeist traumlosen Schlaf fiel. Der einzige Grund, warum er sich heute überhaupt im Dorf befand, lag nicht etwa darin, dass er seine Ernte verkaufen wollte oder dass er neues Werkzeug benötigte - das hätte er sich ohnehin nicht leisten können. Der Grund dafür saß vielmehr direkt auf seinem Schoß in Gestalt seines achtjährigen Sohnes Thorben.

Thorben, sein Jüngster, hatte wahrscheinlich am meisten unter dem Tod seiner Mutter gelitten und da er auf den Feldern ohnehin nicht viel bewirken konnte, hatte Peter ihn kurzerhand mitgenommen, als er hörte, dass gerade ein fahrender Sänger unterwegs war. Peter hatte zu diesem Zweck ein paar der wenigen Kupfermünzen eingesteckt, die er für schlechte Zeiten aufbewahrt hatte. Das schmerzte ihn fast noch mehr als die Tatsache, dass er seine Inga und seine Söhne heute mit der Feldarbeit allein ließ, aber auch Sänger wollten bezahlt werden und er hoffte, dass er Thorben so wenigstens für ein paar

Stunden seinen Schmerz vergessen lassen konnte.

Peter warf einen Blick über den Platz. Dort waren sicher mehr als sechzig Leute zusammengekommen, die wie er auf Steinen, zum Teil aber auch auf kleinen Hockern oder direkt auf dem Erdboden saßen. Die meisten von ihnen kannte er von seinen gelegentlichen Besuchen, er entdeckte aber auch ein paar neue Gesichter. In allen Gesichtern jedoch, ob nun bekannt oder unbekannt, sah er die gleiche Sehnsucht, das gleiche Bedürfnis nach ein wenig Zerstreuung, nach ein wenig Ablenkung vom harten, zermürbenden Alltag und den drückenden Sorgen, die für sie fast noch allgegenwärtiger waren als selbst der Herrgott.

Es war schon beinah dunkel geworden, aber dank des Vollmondes und eines großen, warmen Feuers in der Mitte des Platzes konnte er die anderen Zuhörer dennoch gut erkennen, zumal auch einige Fackeln zwischen den Stühlen im Boden steckten. Die Wärme, die sie spendeten, war dabei ebenso willkommen wie das Licht. Zwar war der Winter noch weit entfernt, aber der Sommer hatte ebenfalls schon seinen Griff um das Land gelockert und während die Bäume sich von ihrem Laub entkleideten, waren die Menschen gut beraten sich in wärmere Gewänder zu hüllen. Diesen Rat hatte er auch für sich und Thorben befolgt und diesen zusätzlich in seinen eigenen, zerschlissenen aber leidlich warmen Umhang gehüllt. Er hoffte, dass es dabei helfen würde seinen Sohn warm- und das Fieber fernzuhalten.

Das Fieber, welches in Thorbens blauen Augen wohnte, vertrieb der Umhang aber nicht. Zwar war darin nach wie vor tief empfundener Schmerz zu erkennen, aber zum ersten Mal glitzerte dort auch wieder etwas wie

Freude. Allein dafür, dachte Peter, hatte sich der Besuch hier schon gelohnt.

Während sie warteten, stieg die Spannung mehr und mehr und selbst die sonst so redseligen Dorfbewohner verfielen in bedächtiges Schweigen. Als die Sonne endgültig hinter dem Horizont versunken war und die Sterne den vollen Mond umschwirrten wie Zofen eine Königin, trat endlich der Sänger in die Mitte der Menge. Er hatte langes, dunkelbraunes Haar, das er zu einem Zopf gebunden hatte und hellgrüne Augen, in denen sich das Feuer der Fackeln spiegelte. In seiner linken Hand trug er eine Laute, in der Rechten einen Schemel. Beide waren sie besser gearbeitet als alles, was Peter je in seinem Leben an Handwerkskunst gesehen hatte. Vor allem die Laute machte mit ihren feinen Schnitzereien und Verzierungen einen überwältigenden Eindruck. Sie musste den Mann ein Vermögen gekostet haben. Genau dasselbe dürfte aber auch für seine Kleidung gegolten haben. Er trug eine braune Hose aus gut gearbeiteten Leder, ein strahlend weißes Obergewand aus feinstem Stoff und einen weiten, rot gefärbten Mantel, der - genau wie seine edlen Stiefel - kaum eine Spur vom Staub der Straße trugen. Der Sänger strahlte einen Glanz und eine Würde aus, wie er sie nicht mal bei seinem Lehnsherren zu Gesicht kommen hatte, wenn er ihm einen seiner seltenen und stets unangenehmen Besuche abstattete. Sein Lehnsherr strahlte auf seine Art auch Würde oder besser Autorität aus. Doch es war die Autorität eines Mannes, der von jetzt auf gleich die eigene Existenz vernichten konnte. Es war eine Ausstrahlung, die einen Mann durch Angst zum Gehorsam trieb. Dieser Sänger hingegen löste Bewunderung aus. Einen unbedingten Drang zur Bewunderung, wie er ihn bestenfalls bei seinem König oder dem Heiligen Vater erwarten würde, die er beide noch nie zu Gesicht bekommen hatte und wohl auch nie zu Gesicht bekommen würde. Diesen Mann aber sah er sehr wohl. Und ihm gefiel, was er sah.

Peter ertappte sich sogar bei dem Gedanken, dass dieser Mann eine gute Partie für seine Inga sein würde, auch wenn er sich deswegen gleich darauf wieder einen Narren schallt. Inga sollte einen anständigen Mann bekommen. Sie war ihm viel zu teuer, um sie irgendeinem dahergelaufenen Sänger feilzubieten und sei er noch so stattlich. Wie konnte er nur auf solch einen Gedanken kommen? Er schämte sich ein wenig dafür. Aber ein Blick in die Runde zeigte ihm, dass er nicht der Einzige war, der ähnliche Gedanken hegen musste. All die versammelten guten Leute des Dorfes, schmachteten ihn an und selbst Thorben betrachtete den Sänger wie eine leibhaftige Sagengestalt.

Der so Bewunderte verbeugte sich knapp, aber mit geradezu höfischer Eleganz, stellte dann seinen Schemel vor dem Feuer ab, setzte sich und brachte seine Laute in Position. Aber er fing noch nicht an zu spielen. Zunächst stellte er sich vor.

"Mein Name, oh ihr gutes Volk der Stadt,
in die mich heut' mein Weg verschlagen hat.
man kennt ihn wohl als Achim Adlerflug
von Sang und Sagen krieg ich nie genug.

Drum leiht mir ein paar Stunden euer Ohr
und seid gewiss, nichts ist mehr wie zuvor.

Wenn sich das Herz mit Klang und Mut erfüllt
und nur die Zeit dem Geist als Grenze gilt

Doch bis die Sonne sich erneut erhebt
und ihr die wohlbekannten Wege geht
Beglück' ich euch mit Glanz und Heldenmut.
Nehmt dies' Geschenk von Achim Adlerflug."

Bachheim, das kleine, unbedeutende Dorf, in dem sie
sich gerade befanden als "Stadt" zu bezeichnen war sicher die Übertreibung des Jahrhunderts und ohne Zweifel eine Schmeichelei sondergleichen. Aber sie tat ihre
Wirkung. Die Zuhörer - er eingeschlossen - nahmen
diese Schmeichelei mit Freuden an. Das hatte nichts mit
Dummheit oder Naivität zu tun, aber das Leben war
hart genug - warum also sollte man etwas Gutes zurück-
weisen, wenn es einem schon bereitwillig angeboten
wurde?
In diese Gedanken hinein drangen die ersten Töne der
Laute des Sängers. Ihr Klang war klar und rein. Un-
gleich reiner als bei den beiden anderen Sängern, die Peter bislang spielen gehört hatte. Und erst recht reiner als
das Spiel von Matthias, dem Zimmermann des Dorfes,
der sich ebenfalls eine grobe Laute gebaut hatte und
dort gelegentlich mehr schlecht als recht etwas zum Besten gab, wenn es seine Zeit erlaubte. All das ließ sich mit
dem Spiel von Achim Adlerflug in keinster Weise vergleichen.
Die Melodie, die er wob, war wie ein edler Klangtep-
pich, der zu einem hochfürstlichen Empfang ausgerollt
wurde. Obschon etwas melancholisch, führte sie doch
die Geister seiner Zuhörer weit weg von Mühsal und

Sorge. Ein Effekt, der sich noch verstärkte, als seine Stimme hinzukam. Obwohl durchaus kräftig und männlich, war sie keinesfalls rau, sondern war von einer entrückten Zerbrechlichkeit beseelt, die irgendetwas in Peter, Thorben und den anderen zum Schwingen brachte. Etwas von der Art, wie es sonst bestenfalls in jungen Liebenden in Bewegung gerät.

Während er sang, brachte Achim das Kunststück fertig, jedem seiner Zuhörer die gleiche Aufmerksamkeit zuteilwerden zu lassen.

Nun hört denn ihr Leute die traurige Mär
voll von Liebe, Verrat und Begehr.
Die sich zutrug in Landen so fern und so fremd
und die doch jedes Herz wohl erkennt."

Bereits nach den ersten Worten seines Liedes, hatte er sein Publikum, in willige Verehrer verwandelt und gleichermaßen verwandelten sich seine Reime alsbald in Bilder, die wie ganz reale Ereignisse vor dem geistigen Auge eines jeden vorbeizogen.

Es war einmal ein Jüngling. Es war kein Jüngling von hoher Geburt. Kein Prinz und kein Kaufmannssohn, sondern ein Spross vom niedrigsten Ast, der wohl am Baume der Menschheit wächst.

Als Sohn eines Gerbers, der noch dazu überall als übler Trunkenbold bekannt und verschrien war, musste er schon früh die Härte und Kälte der Welt erfahren. Sein Vater machte oft und gerne von der Rute oder auch der bloßen Hand Gebrauch und seine Mutter, die so liebevoll wie zerbrechlich war, erlag früh einer üblen Verletzung, die sie sich bei einem Missgeschick mit dem Gerbermesser zugezogen hatte. Während unser Jüngling in so mancher Nacht heiße Tränen ob des Todes seiner Mutter vergoss, reagierte sein Vater vor allem auf zwei Arten auf das Dahinscheiden seiner Gemahlin: mit dem noch häufigeren Griff zur Flasche und mit dem noch regeren Gebrauch der Rute. Nun weist unser Herrgott uns an, Vater und Mutter zu ehren. Aber dieses Gebot einzuhalten, fiel unserem jungen Helden immer schwerer und schwerer. Gerade als er älter wurde und die ersten Barthaare auf seinem Gesicht sprossen, stahlen sich viele dunkle Gedanken an Mordtaten und finstere Racheakte in seinen Geist. Dunkle Versuchungen, die wohl dem Mund des Satan entsprangen, vor denen der Jüngling aber nicht gänzlich sein gequältes Herz verschließen konnte.

Am Schlimmsten waren diese Stimmen in jenen Stunden, in denen er sich in der Werkstatt seines Vaters betätigte. So wie es Sitte und Brauch ist, sollte er als ältester - und was dies betrifft einziger - Sohn das Handwerk seines Vaters übernehmen. Dies aber stellte sich aus verschiedenen Gründen als nicht einfach heraus.

Er war mitnichten ein Faulpelz und mühte sich Tag für Tag nach Kräften und im Schweiße seines Angesichts in der von üblen Gerüchen angefüllten Werkstatt ab. Aber zu seinem Unglück zeigte er keinerlei Talent. Egal wie oft er es auch versuchte und wie oft ihn sein Vater auch mit harter Hand und harten Worten antrieb: Er erlangte doch keine wirkliche Meisterschaft, in dem was er tat. Ein weiterer Grund für die zunehmende Abneigung gegen die Profession seines alten Herren lag in der Ablehnung der Menschen um ihn herum. Wie auch bei seinem Vater, rümpfte jeder, der ihm in den Straßen der kleinen Stadt, die er seine Heimat nannte, begegnete die Nase, wann immer er ihren Weg kreuze. Nicht wenige riefen ihm sogar Schmähungen hinterher und einige machten gar das Zeichen gegen den bösen Blick, so als wäre er ein Aussätziger oder gar ein Ketzer und nicht etwa jemand, der kostbares Leder für die Stiefel und Beutel dieser ignoranten Narren herstellte.

Auch wenn er nicht viel Liebe für seinen Vater oder dessen Handwerk aufbringen konnte, so fand er dies doch über die Maßen ungerecht. Dennoch lernte er mit der Zeit es zu ignorieren und den Hohn an sich abgleiten zu lassen, da er sich insgeheim schwor diesen Beruf, diesen Makel, den sein Vater ihm vererbt hatte, selbst nicht zu ergreifen.

Es gab nur eine Person, deren Spott er nicht ignorieren konnte. Ihr Name war Anna. Sie war die Bäckerstochter - ein liebreizendes Mädchen mit dichtem dunkelbraunem Haar, fröhlichem Wesen und feurigen braunen Augen - und seit er sie das erste Mal gesehen hatte, war er in sie verliebt gewesen. Doch auch sie hielt sich, so gut es ging von ihm fern und auch wenn er sie nie offen Schmähungen und Beschimpfungen rufen hörte, sah er die gleiche Verachtung, die ihm die anderen entgegenbrachten, auch in ihren Augen glitzern.

Neben all dem gab es noch ein weiteres großes Hindernis, das der Übernahme des väterlichen Erbes im Wege stand. In Wahrheit nämlich zeigte der Jüngling gar kein Interesse daran. Sein Herz gehörte vielmehr der Musik. Diese Leidenschaft war schon durch die Wiegenlieder seiner Mutter geweckt worden und kam zu voller Blüte, als er zum ersten Mal einen fahrenden Sänger gesehen und seiner Darbietung gelauscht hatte. Eigentlich war es nicht nur die Musik an sich gewesen, die ihn fasziniert hatte. Es war vielmehr die Bewunderung, die Leidenschaft gewesen, die ein Sänger in seinen Zuhörern erwecken konnte. Eine Kontrolle über Herz und Geist, die umso absoluter war, da sie nicht auf Zwang, sondern auf Freiwilligkeit und Hingabe basierte. Seitdem wusste er, dass seine wahre Bestimmung nicht darin liegen würde stinkende Häute zu gerben, sondern darin, die Sinne und Herzen der Menschen gefangen zu nehmen.

Doch da er kein Instrument besaß und auch nicht über die Mittel oder Kenntnisse verfügte, sich eines zu bauen, konnte er nicht einmal auf seinen Traum hinarbeiten.

Und so bestanden seine Tage weiterhin nur aus Schmähungen, unerfüllter Liebe und endlosen, fruchtlosen Arbeiten unter der Knute seines verhassten Vaters. Nur in der Nacht konnte er - wann immer sein Leib und seine Seele nicht zu erschöpft und geschunden von den Zumutungen des Tages waren - zumindest in seiner Fantasie der sein, der er eigentlich sein wollte. Und jedes Mal vor dem Einschlafen sandte er flehende Bitten an jede höhere Macht, die ihn hören möge, gleich, ob es ein Engel sei, ob Gott, der Teufel, ein Geist, ein Dämon oder ein heidnischer Götze.

Er bat dabei um drei Dinge. Darum, dass er endlich seine Bestimmung erfüllen, die Gunst von Anna gewinnen und die Ketten seines Vaters sprengen könne. Und letzten Endes wurde erhört.

Eines Nachts, in einem Traume, der ihm gar klarer und schärfer erschien als jene Welt, die er vom Tage her kannte, suchte ihn eine Erscheinung auf. Sie war kein Nachtmahr, kein grässliches Gezücht, wie es die Menschen des Öfteren in Alpträumen plagt, sondern ein

105

Wesen von gottgleicher Gestalt. Sie war groß, von weit höherem Wuchs gar als ein stattlicher Mann, sogar beinah so groß wie ein Kirchturm und sie leuchtete von innen heraus.

Um sie herum waberten Nebel von weißer und blauer Färbung, welche die süßesten Düfte in sich bargen und unser Jüngling empfand keinerlei Angst bei ihrem Anblick.

Das Gesicht der Gestalt war "Viele". Dies soll bedeuten, dass jenes Wesen keine feste Erscheinung besaß, sondern vielmehr bald als junge, hübsche Frau erschien, bald als kräftiger Krieger in Rüstung, bald als demütiger Mönch, bald als ältliches Weib und bald als verhüllter Fremder. Immer aber war es groß, leuchtend und ehrfurchtgebietend.

"Was willst du von mir?" sprach der Jüngling und sah der Gestalt dabei in tintenschwarze Augen, in denen es wie von Sternen glitzerte.

"Die Wünsche erfüllen, von denen du gesprochen und die du wie eine schwere Last in deiner Seele trägst.", sagte er nur, mit einer Stimme so hell und klar, dass der Jüngling weinen musste, als er sie vernahm.

"Aber wie kommst du dazu, mir zu helfen? Willst du eine Gegenleistung dafür?" fragte der Jüngling schluchzend. Er war es nicht gewohnt, dass ihm etwas geschenkt wurde. "Und wie willst du dies bewerkstelligen?", fügte er hinzu, "Bist du etwa Gott?"

"Das sind so viele Fragen.", erwiderte das Wesen.
"Nicht auf alle, doch zumindest auf die meisten werde ich dir Antwort geben."

Der Jüngling widersprach nicht, denn dafür war die Stimme, die zu ihm sprach, viel zu wundervoll. Stattdessen nickte er nur ehrfürchtig.

"Ich will keine Gegenleistung von dir und ich helfe dir, weil ich mich in dir erkenne. Du bist von jener Art, wie auch ich selbst es bin und wenn ich dir helfe, dann ist's ganz so als würde ich dies für mich selbst tun." die Gestalt, die gerade wieder das Antlitz der liebreizenden Frau trug, machte eine kurze Pause, wie um nachzudenken, sprach dann aber weiter. "Wer ich bin, sage ich dir nicht. Aber du sollst wissen, dass ich sehr wohl ermöglichen kann, was du dir erträumst. Gib mir deine Hand." verlangte die Gestalt und der Jüngling streckte ihr die Rechte wie im Reflex entgegen.

Dann streckte das Wesen seinerseits seine Hand, die gerade einer kräftigen Männerfaust glich, aus und legte etwas in die Handfläche des Jünglings.

Es handelte sich um eine schwarze Note aus einem glänzenden Material. Der Jüngling hatte so ein ähnliches Material mal bei einem Händler von der Küste gesehen, der auf seinem Weg am Markt halt gemacht hatte. Nur war es dort weiß gewesen. Weiße Perlen an Lederschnüren, die der Händler den Frauen der Stadt hatte andrehen wollen, um ihre Schönheit besser zur Geltung zu bringen. Die neugierigen Blicke waren ihm gewiss gewesen und doch hatte er an jenem Tag keine einzige davon verkauft. Die Menschen hatten gerade genug zum Leben und nicht die Mittel um solchen Flitter zu ergattern. Er aber besaß nun etwas - wenn auch lediglich im Traume - das noch viel schöner anzusehen war als die Perlenketten aus seiner Erinnerung, auch wenn es nicht weiß war, sondern so schwarz wie ein Stück des bewölkten Nachthimmels.

"Nimm dies hier.", sagte das Wesen. "Nimm dies und lege es deinem Vater in den Mund. Dann werden die Dinge sich fügen, wie du es wünschst. Und nun geh und verschwende keine Zeit."

Bevor der Jüngling auch nur ein weiteres Wort an die Gestalt richten konnte, zog sich der Traum sanft aus seinem Geist zurück, wie geschmeidige Finger, die ihren bislang so festen Griff lockerten.

Er lag wieder in seinem Bett und stellte sich eine Menge Fragen. Zuvorderst natürlich die, die ihm das Wesen nicht beantwortet hatte. Nämlich, wer oder was es eigentlich war. Eine Frage jedoch stellte er sich nicht. Die Frage danach, ob all dies wirklich geschehen war. Denn diese Frage wurde bereits von der schwarzen Perlmuttnote in seinen Händen zufriedenstellend beantwortet.

Dieser Umstand entflammte seinen Kopf mit tausend Hoffnungen und Fantasien, aber da die Sonne noch nicht aufgegangen war, schlief er letztlich dennoch wieder ein und verbrachte den Rest der Nacht in traumloser Ruhe. Irgendwie ahnte er, dass er seinen Schlaf brauchen würde.

Nach einem kargen Frühstück aus Getreidebrei und altbackenen Brot, gesellte er sich zu seinem Vater, der bereits wieder in der Werkstatt arbeitete. Eines musste er diesem Mann lassen: Er war ein elender Säufer und einer der gröbsten und jähzornigen Menschen, die er je kennengelernt hatte, aber er war dennoch fleißig. Selbst Wein und Bier hielten ihn nicht von seiner Arbeit ab. Sein Vater begrüßte ihn auf die gewohnt liebenswürdige Art. "Is' mei' nichtsnutziger Sohn. Auch scho' wach?" keifte er und man merkte ihm an, dass er noch immer nicht gänzlich nüchtern war. Dafür sprach auch der Bierkrug, der neben ihm stand. "Willst' keine Gelegenheit verstreich'n lass'n deine tote Mutter zu beschämen, was?"

Einmal mehr stieg heiße Wut in dem Jüngling auf. Er war inzwischen an die Schmähungen seines Vaters gewöhnt, aber wann immer dieser seine Mutter erwähnte, loderte sein Zorn so heiß wie eh und je. Zuletzt hatte er seinen Vater wegen solcher Äußerungen sogar geschlagen, auch wenn er dafür selbst zehnmal mehr Prügel einstecken musste. Aber diesmal beherrschte er sich.

"Warum denn streiten, Vater?", sagte er in bewusst manierlichem Ton. "Ich weiß, dass ich kein Talent für das Handwerk besitze, aber ich will mich dennoch bemühen dich nicht weiter zu beschämen und wenigstens ein Zehntel deiner Fähigkeiten zu erwerben. Doch dafür lass uns Frieden schließen. Schon um Mutter willen."

Während er das sagte, trat der Jüngling langsam ein paar Schritte näher.

"Dein Wort in Gottes Ohr", sagte sein Vater verächtlich. Aber wohl zum ersten Mal in all der Zeit mit ihm erkannte er etwas in seinen Augen, erkannte dort die ganze Wahrheit. Unter der versoffenen, brutalen, egoistischen Fassade, entdeckte er Schmerz, tiefen, gärenden Schmerz und dazu noch eine gehörige Portion Selbsthass.

Ja, sein Vater hasste, nein verachtete sich selbst und seine Existenz. Er war ein Schwein, aber kein glückliches Schwein und aus diesem Grund gab es etwas, tief in ihm, dass sich nach der Liebe seines einzigen Sohnes verzehrte. Nach der Liebe des letzten Menschen, der ihm noch geblieben war. Der Jüngling kam noch näher und legte einen Arm um den schwitzigen, haarigen, muskulösen Rücken seines Vaters. Es war die erste Berührung seit vielen Jahren, die nicht von Gewalt geprägt war und dieser Mann, der seit Jahren in seinen eigenen Dämonen ertrank, wehrte sich nicht dagegen.

Er öffnete sogar den Mund, wie um etwas zu sagen, aber der Jüngling sollte nie erfahren, ob das wirklich der Fall war und welche Worte er womöglich an ihn richten wollte. Denn in diesem Moment rammte er seinem Vater die Note in den Mund.

Halb befürchtete er, dass es keinen Effekt haben würde, dass das Wesen aus seinem Traum ihn angelogen hatte, oder aber, dass das, was immer nun geschah, zu lange dauern würde. Aber seine Sorgen waren unbegründet. Kaum hatte die schwarze Note die Zunge des Mannes berührt, begann er sich zu verändern. Seine Beine begannen augenblicklich zu schrumpfen, so als würden sie sich in seinen Torso zurückziehen. Knochen knackten und sein Vater schrie vor Panik. Er schrie noch lauter, als das gleiche mit seinen Armen geschah und sein Schrei endete erst, als sein Mund plötzlich zusammenwuchs, als wäre er nichts als eine unnatürliche Wunde in seinem Kopf gewesen, während ein letzter langer Speichelfaden aus ihm hervortrat. Gleichzeitig wurde sein Kopf schmaler und schmaler, bis er sich in seiner Ausdehnung nicht länger vom Hals unterschied und nach und nach verschwanden auch die Ohren, die Nase und zuletzt die Augen aus seinem Gesicht.

Zu diesem Zeitpunkt hatten sich seine Beine und Arme bereits komplett in den Körper zurückgezogen und er lag nun wie eine groteske, hilflose Schildkröte auf dem Boden der Werkstatt. Als Nächstes krümmte sich sein

Rücken und ein faustgroßes rundes Loch erschien in seinem Bauch, allerdings trat dabei kein Blut aus und das Loch erinnerte auch nicht an eine gewöhnliche Wunde.

Muskeln, Sehnen, Haut, Knochen und Fettgewebe zogen sich einfach nur kreisförmig zurück, so als wäre dies der normalste Vorgang auf Erden. Schon vorher hatte den Jüngling eine Ahnung beschlichen, aber als sich die Darmstränge seines Vaters, aus dessen zurückgebildetem Unterleib schoben, augenblicklich trockneten, sich in sechs kleine Fäden aufteilten und geradezu mustergültig bis zu seinem Kopf spannten, hatte er Gewissheit: Er hatte sich eine Laute gewünscht und das Wesen hatte ihm eine geschenkt. Zufrieden sah er zu, wie sich die Verwandlung vollendete und sich das Fleisch seines Vaters in edles, glatt poliertes Holz verwandelte. Mitleid verspürte er kaum.

Dabei fragte er sich, als er das Instrument in die Hand nahm und die wunderbar gearbeiteten Verzierungen begutachtete, die sich über dessen Korpus erstreckten, ob die Seele seines Vaters noch immer in seinem derart veränderten Körper wohnte. Aber diese Frage stellte er sich nicht aus Mitleid. Dafür hatte ihm sein alter Herr zu oft übel mitgespielt. Vielmehr hoffte er sogar, dass sein Vater fortan in der Laute eingesperrt sein würde. Dass er von nun an für den Rest seiner Tage dem Willen seines Sohnes untertan sein würde. Es schien ihm nur gerecht, denn lange genug war es andersherum gewesen.

Fast zärtlich strich er über die Seiten. Ein wenig ekelte es ihn an, den alten Tyrannen auf diese Weise zu berühren, aber der kristallklare Klang, der daraufhin an seine Ohren drang, entschädigte ihn hundertfach dafür. Und mehr noch tat es die plötzliche Gewissheit, dass sein Vater tatsächlich ein hilfloser Gefangener in dem Instrument war. Daran gab es keinerlei Zweifel, denn mit jedem Ton, den er aus der Laute hervorlockte, spürte und hörte er zugleich dessen Fassungslosigkeit, Verzweiflung und hilflose Wut. "Nun werde ich dich schlagen, Vater.", sagte er zu ihm und fing einfach an zu spielen. Dass er dies nie gelernt hatte, änderte nichts daran, dass es ihm dennoch gelang. Das Wissen darum floss einfach wie aus einer unsichtbaren Quelle in seine Finger hinein. Das Lied, welches er spielte, hatte nicht ganz die Qualität, die er von den fahrenden Musikanten gewohnt war und es war so rau und ungehobelt wie sein Vater es gewesen war, aber für jemanden, der noch nie die Laute geschlagen hatte, klang es dennoch fantastisch. Nun probierte er auch ein paar Töne zu seinem Spiel zu singen und stellte zu seinem Entzücken fest, dass er jeden einzelnen davon perfekt traf. Dabei entstand ganz wie von selbst ein Text in seinem Kopf. Ein Trinklied.

Noch etwas, dass sehr gut zu seinem Vater passte. Es war zwar noch nicht ganz das, was er gewollt hatte, aber es war ein guter Anfang. Ein sehr guter.

"Danke, du guter Geist aus meinem Traum", sagte er halblaut. "Danke für dein Geschenk."

Die nächsten drei Tage ging er nicht aus dem Haus, sondern lernte sein neues Instrument kennen. Dabei entstanden immer wieder neue Lieder, die jedoch allesamt Trink- oder Kriegslieder waren. Inzwischen war er sich sicher, dass dies mit dem harten Wesen seines Vaters zusammenhing, aus dessen Fleisch und Geist die Laute entstanden war.

Ein wenig betrübte ihn das, da ihn von jeher eher die feinsinnigeren, gefühlvollen Stücke berührt hatten und nur mit solchen - so glaubte er - würde er Annas Herz gewinnen können. Aber er war auch nicht allzu betrübt, denn er war sich sicher, dass er noch einen Weg finden würde auch solcherlei Klänge aus der Laute hervorzulocken. Immerhin hatte das Traumgeschöpf ihm doch versprochen, dass alles sich fügen würde, sobald er seinem Vater die Note in den Mund gesteckt hatte. Und bisher hatte es nicht den Anschein, als ob dies ein leeres Versprechen sein würde.

Als der morgen des vierten Tages angebrochen war, klopfte es an der Tür. Zunächst erschreckte dies den Jüngling zutiefst, da er sich fragte, wie er die Abwesenheit seines Vaters erklären sollte. Doch letzten Endes öffnete er dennoch. Vor der Tür stand Thorsten, ein Kunde, der wie erwartete nach seinem Vater verlangte. Der Jüngling erinnerte sich daran, dass er vor einiger Zeit eine Menge Leder in Auftrag gegeben und im Voraus dafür bezahlt hatte. Und er erwartete nun, es auch zu bekommen. Der Jüngling aber erklärte ihm - und dabei hatte er das Gefühl, dass jene Worte nicht die Eigenen waren - dass sein Vater sich, nachdem ihn vor drei Nächten die Mutter Maria im Traume erschienen war, gleich in der früh auf eine Pilgerreise nach Rom begeben hätte und wohl lange nicht zurückkehren würde. Thorsten, der sich nicht traute, ein solch frommes Verhalten zu tadeln, fragte daraufhin, ob der Jüngling die Arbeit als sein Lehrling an seiner statt vollendet hätte. Als der dies verneinte, wurde Thorsten wütend und drohte ihm mit Prügel und Strafe. Der Jüngling, der ohnehin keine befriedigende Rechtfertigung für die versäumte Arbeit parat hatte, nahm stattdessen rasch die Laute zur Hand. Thorsten zeigte sich verwirrt angesichts dieser absonderlichen Handlung und fragte den Jüngling, ob er ihm das Instrument etwa als Pfand anbieten wolle, bis er ihm die versprochene Ware liefern würde.

Anstelle einer Antwort fing der Jüngling zu spielen an und kaum eine Viertelstunde später machte Thorsten sich in bester Stimmung und ohne seine Ware auf den Weg und sprach davon sich ein Bier genehmigen zu wollen.

Während der Mann sich entfernte, breitete sich auf dem Gesicht des Jünglings ein zufriedenes Lächeln aus. Das Instrument hatte seine Kräfte eindrucksvoll bewiesen. Bestärkt durch diese Erfahrung beschloss er sich fortan ganz dem Dasein, als Sänger hinzugeben.

Er verkaufte die Werkstatt seines Vaters, das Haus und die restlichen Waren zu einem erstaunlich guten Preis, was nicht unwesentlich daran lag, dass er jene Geschäfte durch das Spiel seiner Laute auflockerte. Von dem gewonnenen Geld kaufte er sich neue, feinere Kleidung und sogar zwei Pferde. Dazu ließ er einen großen, geräumigen Wagen anfertigen, in dem er fortan wohnte. Zunächst wurden die Schmähungen seiner Mitmenschen nur noch heftiger, aber nachdem er einige flotte Darbietungen gegeben hatte, legten sich Verachtung und Argwohn und die Herzen, wie auch die Börsen und Truhen der Menschen öffneten sich für ihn. Gleichzeitig griffen mehr und mehr seiner Zuhörer zum Bierkrug und manche von ihnen wurden sogar zu ausgemachten Säufern wie sein Vater und vernachlässigten ihr Tagewerk mehr und mehr, was der Jüngling zunächst erschreckend, dann aber überaus amüsant fand.

Das Herz von Anna jedoch eroberte er nicht. Auch wenn sie sein Spiel genauso lobte wie die anderen Zuhörer, so war sie doch weit davon entfernt ihm gänzlich zu verfallen. Sie gehörte zu den wenigen Menschen, deren Seele einfach nicht ausreichend auf die ungehobelten Trinklieder ansprach, die er darbot. Menschen, die im Herzen zu feinsinnig und zu edel waren, um für diese Art von Zerstreuung empfänglich zu sein. Und so bewunderte sie zwar seine Darbietungen, lehnte aber jede seiner Avancen höflich, doch bestimmt ab.

Der Jüngling jedoch konnte diese Niederlage nicht akzeptieren. All die Bewunderung, die ihm die anderen Menschen (unter ihnen auch viele junge Damen) entgegenbrachten und jeder Einfluss, den er auf sie hatte schien ihm leer und sinnlos, wenn er Anna nicht haben konnte.

Erneut wurden seine Nächte dunkel und trist, wie zu der Zeit als sein Vater noch gelebt hatte und in manchen davon weinte er sich in einen unruhigen Schlaf. Letztlich aber wurde aus dieser Trauer - entstanden aus Hingabe und junger Liebe - etwas Dunkleres, Fordernderes. Er ertappte sich sogar des Öfteren dabei, wie er sich vorstellte, seine Angebetete mit Gewalt zu nehmen, erkannte aber schnell, dass es nicht das war, was er wollte. Er wollte Bewunderung und Freude in ihr Erwecken und nicht Angst und Schrecken. Also suchte er erneut Rat bei dem rätselhaften Traumwesen, klagte ihm sein Leid und seine Sehnsucht. Und einmal mehr wurde er erhört.

Zumindest vermutete er das, denn er erhielt diesmal keine Vision und der Plan, der am Morgen in ihm erwacht war, hätte auch aus ihm selbst stammen können. Doch daran glaubte er nicht. Dafür erschien er ihm zu düster, zu niederträchtig und zu abwegig. Jedoch würde er ihn trotzdem in die Tat umsetzen. Das würde er ganz sicher.

Es gab eine Frau in der Stadt, Marie war ihr Name. Sie hatte bereits einige Winter gesehen, war aber lange noch keine Greisin, auch wenn die Blüte ihrer Jugend vorüber war. Sie hatte vor Jahren ihren Mann verloren und kurz darauf ihre beiden Kinder und verdiente seitdem ihr karges Brot mit Näharbeiten und gelegentlichen Almosen. Viele in der Stadt mochten sie. Sie war eine gute Seele, war immer hilfsbereit und hatte stets ein freundliches Wort auf den Lippen. Auch sie war auf ihre Art eine Sängerin. Keine Gute gewiss, aber dafür eine leidenschaftliche. Und am liebsten sang sie Lieder von Sehnsucht, Trauer und Liebe, wann immer sie, welche aufgeschnappt hatte.

Es war deshalb nicht schwer gewesen, sie zu überzeugen ihr ein Lied darbringen zu dürfen. Zwar hatte sie, wie auch Anna, zu jenen gehört, die ihm nicht verfallen waren, aber als ein Mensch, der die Musik liebte, hatte sie dennoch seinem Angebot nicht widerstehen können. Für seinen Besuch hatte er die Nacht gewählt und sie hatte ihn hereingebeten, was ihm sehr entgegenkam, da er nicht wollte, dass der Rest der kleinen Stadt etwas von dem erfuhr, was nun folgen würde.

Sie bot ihm an, auf einem kleinen Stuhl Platz zu nehmen und reichte ihm sogar ein Stück Brot. Der Jüngling nahm beides dankend an, setzte sich gegenüber seiner Gastgeberin, die ebenfalls Platz genommen hatte hin und begann zu spielen.

Er wählte dieses Mal ein Lied von Krieg und Heldentum, da er hoffte, dass es mehr Interesse in Marie wecken würde als eines seiner ungehobelten Trinklieder. Es trug den Namen "Schwerter im Morgenlicht" und es erfüllte seinen Zweck. Zwar war sie nicht wirklich begeistert, lauschte aber dennoch aufmerksam seinem Gesang und den Klängen, die aus der wundervoll verzierten Laute sprudelten und genau darauf hatte der Sänger gehofft.

Nach der zweiten Strophe begann er ihr tief in die Augen zu sehen und ersetzte den eigentlich vorgesehenen Reim durch die Worte "... dein Lied sei mein".

Der Effekt trat sofort ein. Die Haut am Körper der zierlichen Frau wölbte sich mit einem Mal nach vorn und schwoll an wie eine mit zu viel Wasser gefüllte Schweinsblase. Dann öffneten sich ihre Poren und ein Strom von Blut brach durch ihre Haut und bewegte sich in vielen kleinen, durch die Luft schwebenden, schlangengleichen Rinnsalen auf die Laute zu, die sie durstig und gierig in sich aufnahm.

Während dies geschah, spielte der Jüngling einfach fröhlich und beschwingt weiter. Am Ende der vierten Strophe war von Marie nichts weiter übrig als eine staubtrockene, papierartige Hülle, die - als sich der Sänger hinabbeugte und sie vorsichtig berührte - sofort in Luft auflöste. Marie gab es nicht mehr. Ihre bescheidene Behausung, die nach dem Tod ihrer Familie so einsam geworden war, würde nun gänzlich leer sein. Doch vielleicht hatte sie nun eine neue Heimstätte gefunden.

Es war nun an der Zeit genau dies herauszufinden. Also schlug der Sänger die Laute ein weiteres Mal und vernahm entzückt, wie die traurige, flehende Stimme von

Marie in seinem Geist erklang. Was sie ihm sagen wollte, verstand er nicht, genauso wenig wie bei seinem Vater, denn statt ihrer Bitten um Hilfe und Gnade trug ihre Stimme Lieder. Lieder von Liebe, Sehnsucht und Kummer. Lieder, mit denen er Annas Herz im Sturm erobern würde.

Und genauso kam es. Ausgestattet mit den neuen Liedern und der berührenden Traurigkeit und Zerbrechlichkeit der bedauernswerten Marie in der Stimme, fiel es ihm Leicht auch Anna für sich zu gewinnen. Ihr Widerstand schmolz wie Schnee in der Sonne und bereits wenige Tage danach wurden sie vor den Augen eines von Liedern trunkenen Priesters Mann und Frau. Niemand, nicht einmal ihr Vater oder ihre Mutter widersprachen seinem Wunsch Anna zu ehelichen. Er war nun der wahre und einzige Herrscher der Stadt und die Menschen huldigten ihm stets mit Applaus und reichen Geschenken. Und nicht anders war es mit Anna.

Ihre Ehe war perfekt. Anna las ihm jeden Wunsch von den Augen ab und tat alles was er verlangte mit einem Lächeln auf den Lippen. Wenn der Einfluss der Laute nachließ und sie doch einmal zu widersprechen drohte, brauchte er nur ein rasches Lied zu spielen, um diesen Widerspruch zu unterdrücken. Mit der Zeit ging er dazu über ihr jeden Morgen, jeden Mittag und jeden Abend ein Ständchen zu geben. Ähnlich hielt er es - sicherheitshalber - mit allen Bewohnern der Stadt. Jeder von ihnen hatte sich zu festen Zeiten auf dem Marktplatz einzufinden und seinem Spiel beizuwohnen.

Eine Zeitlang genoss er diese absolute Bewunderung und Kontrolle, jedoch wurde sie ihm zunehmend langweilig. Jeder Konflikt, jede Mühsal, jede Aufregung war aus seinem Leben verschwunden. Besonders störte ihn dies in seiner Ehe mit Anna. Es kam ihm vor, als wäre er mit einer Marionette zusammen, die jede Bewegung nachvollzog, die er ihr befahl. Deshalb beschloss er etwas auszuprobieren, um wieder ein wenig Spannung in seinen Alltag zu bringen.

Er lud seine Schwiegereltern für den Abend des heiligen Sonntags zum Essen ein. Natürlich folgten sie dieser Einladung mit Freuden und Anna bereitete ein üppiges Mal vor, was ihr angesichts der dauernden Spenden, die ihm seine Bewunderer vorbeibrachten und da Anna ohnehin eine gute Köchin war, nicht sonderlich schwerfiel. Sie kochte mit Liebe. Nicht mit der Liebe zu ihren Eltern, sondern mit der bedingungslosen, magisch erzeugten Liebe, die sie für ihn empfand.

Als der Abend des Essens gekommen war, war die Stimmung gut. Es wurde frohen Herzens gelacht, gescherzt und gegessen und Anna freute sich offensichtlich ihre Eltern wiederzusehen, was wohl auch daran lag, dass er ihr den ganzen Tag über ganz bewusst kein Lied vorgespielt hatte. Dadurch schien die unnatürliche Fixierung auf ihn bereits nachzulassen und sie konnte auch wieder anderen Menschen ernsthafte Beachtung schenken. Trotzdem war der Bann nicht ganz gebrochen und sie sprach zu ihren Eltern voller Stolz und Euphorie über ihren wunderbaren, liebenswerten, edlen Ehemann.

Als der Nachtisch aufgetragen war, nahm er eines der scharf geschliffenen Fleischmesser zur Hand, die ihm der örtliche Schmied überlassen hatte und schnitt seinen Schwiegereltern ohne Zögern die Kehle durch. Es war interessant Annas Reaktion zu beobachten. Er sah das

Entsetzen in ihren Augen, die Wut über die Tat, das Bedürfnis, ihn für seine Mordtat der Gerichtsbarkeit zu übergeben. Aber letztlich tat sie nichts dergleichen. Sie hielt nur weiter regungslos seine Hand, wie sie es fast den ganzen Abend über getan hatte und als er sie fragte: "Liebst du mich?" antwortete sie nur mit einem leise gehauchten "Ja".

Er lächelte und befahl ihr daraufhin, ihre Eltern zu vergraben. Sie gehorchte. Danach aber, weinte sie dann letztlich doch so bitterlich, dass er es am Ende nicht mehr länger ertragen konnte. Er trocknete ihre Tränen mit einem Lied.

Seit diesem grausamen Experiment hielt er Anna wieder vollkommen unter seiner Kontrolle. Im Grunde schämte er sich für das, was er ihr angetan hatte. Ja, er verachtete sich selbst sogar dafür. Das wurde ihm mehr und mehr bewusst und deshalb versuchte er ihr diesen Schmerz zu nehmen, indem er mehr und mehr Stücke für sie spielte. Doch alles was er damit erreichte, war ihr Selbst zu zerstören. Sie so tief unter Tönen und Harmonien zu begraben, bis sie ihre innere Stimme nicht mehr länger hören konnte. Als er merkte, was er bei ihr anrichtete und das ihre Bewegungen, Handlungen und Worte immer hölzerner und puppenhafter wurden, hörte er damit auf, die Laute in ihrer Gegenwart zu erklingen zu lassen. Doch es war bereits zu spät.

Drei Tage verstrichen, dann eine ganze Woche und noch immer tat Anna nichts aus eigenem Antrieb, sprach kein einziges Wort, wenn er es nicht verlangte und tat keinen Schritt ohne fremden Befehl. Das Einzige, was sie noch von Zeit zu Zeit tat, war leise ein ganz bestimmtes Lied zu singen. Er kannte dieses Lied. Es war das Stück, mit dem er sie zuerst bezirzt hatte.

Anna, das begriff er nun in aller Klarheit, war tot. Das, was da neben ihm schlief, was für ihn kochte und ihm erzählte, was er hören wollte, war nichts als eine ausgeschabte Hülle, die allein von jenem Lied bewegt wurde, welches ihre ureigene innere Melodie ersetzt hatte. Sie WAR nun dieses Lied. Und wie das Lied war sie eine zutiefst traurige Schöpfung.

Während er ihr so in das starre und schablonenhaft lächelnde Gesicht sah, begriff er noch etwas. Er hatte sie nie geliebt. Er hatte lediglich sich selbst geliebt. Natürlich hatte ihn ihr Körper angesprochen und irgendetwas an ihr hatte auch seine Hormone zum Tanzen gebracht. Aber was er gefühlt hatte, ging letztlich kaum über reines, animalische Begehren hinaus. Auch wenn sein Sängerherz ihm seine rücksichtslose Lust in edle Gewänder gehüllt und zur reinen Liebe verklärt hatte, auch wenn er sie sich auf subtilere Weise untertan gemacht hatte, so hatte er ihr doch am Ende mehr geschadet als es jeder grobe Lüstling es je gekonnt hätte.

Doch seine Reue kam spät und alles was er noch tun konnte, war das Lied zu seiner Quelle zurückzubringen. Also spielte er ein letztes Mal für sie und holte die fleischgewordene Melodie in seine Laute zurück, während das noch immer bezaubernde aber nun gänzlich leere Fleisch ihres Körpers wie ein nasser Sack auf den Boden klatschte.

Niedergeschlagen trat er nach Draußen. Die letzten Tage war er nach seinen Konzerten auf dem Marktplatz, die er ungerührt fortgesetzt hatte, immer schnell in seinen Wagen geflüchtet, um nach Anna zu sehen und hatte sich nicht weiter um das Verhalten der Stadtbewohner gekümmert. Umso mehr schockierte ihn deshalb, was er nun sah, als er hinaus in das späte Nachmittagslicht trat. Sein letztes Konzert hatte er diesmal am frühen Morgen gegeben und doch saßen sämtliche Bewohner des kleinen Städtchens noch immer genauso da, wie er sie zurückgelassen hatte. Ihre Augen und Gesichter waren matt und ausdruckslos. Unter einigen von ihnen hatten sich stinkende Lachen von Unrat und Jauche gebildet und aus ihren Kehlen drangen leise verschiedene Lieder hervor. Kaum hörbar und doch präsent, so als würde die Äste in einem von Wind bewegten Wald leise miteinander tuscheln.

Es waren die Lieder, die er in sie hineingepflanzt hatte. Die Lieder, die sie innerlich ausgehöhlt hatten. Er hatte - in seinem Wahn - seine gesamte Heimatstadt getötet.

Der Jüngling sank auf die Knie.

Er verfluchte sich selbst und er verfluchte die Laute in seiner Hand, die Laute, die einmal sein Vater gewesen war und deren Anblick ihm nun zutiefst zuwider war. Vor allem aber verfluchte er den Dämon aus seinem Traum und bat ihn doch gleichzeitig flehend und demütig darum, den Fluch aufzuheben und all den Menschen um ihn herum ihr Leben zurückzugeben. Aber er erhielt keine Antwort.

Der Dämon strafte ihn, der sich so nach Musik verzehrt hatte, mit Schweigen.

Er saß lange einfach nur da, wartete auf eine Antwort und starte auf die leeren Hüllen der Stadtbewohner, während die Sonne nach und nach hinter dem Horizont verschwand.

Als er begriff, dass er keine Antwort erhalten würde, beschloss er zumindest diese unselige Laute zu zerschmettern. Vielleicht würde ja das seine Schandtaten wieder gut machen. Oder zumindest einen Teil davon. Aber seine Finger gehorchten ihm in dieser Sache nicht. Er hätte sich leicht einreden können, dass dies an irgendeiner finsteren Magie lag. Dass die Laute ihn auf ihre Art so beherrschte wie all die armen Menschen um ihn herum. Aber diese Art der Selbsttäuschung hatte er inzwischen hinter sich gelassen.

Der wahre Grund für sein Zögern war, dass er das Instrument nicht zerstörten WOLLTE. Die Laute war das einzige, was ihm noch geblieben war und er wusste, dass allein sie ihn zu etwas Besonderem machte. Das konnte er nicht aufgeben und er würde es auch nicht aufgeben. Aber dafür fasste er einen Schwur, während er mit den Worten "Eure Lieder seien mein" die lebensspendenden Klänge aus den Leibern der Stadtbewohner heraussaugte: Er würde nie mehr eine Seele zerstören. Nie wieder. Er würde sie alle in dieser Laute sammeln, wo sie für immer in Sicherheit sein würden. Wo die ihr gesamtes einzigartiges Wesen bewahrt werden und die Schönheit ihrer Stimmen nie verstummen würde.

Achim Adlerflug beendete sein langes Lied mit einem letzten Akkord, der noch ein paar Sekunden durch die Nacht hallte. Dann zog die Stille in Bachheim ein.

~o~

Es hatte kurz wehgetan als Peters Haut von seinem eigenen Blut gedehnt und schließlich zum Platzen gebracht worden war. Er hatte Panik und Entsetzen gespürt als er - bevor das Austrocknen seiner Augen und seines Gehirns dies unmöglich gemacht hatten - den roten Strom gesehen hatte, der sich von ihm, seinem Sohn Thorben, und allen anderen Zuhörern zur Laute des Sängers bewegte, als wäre dieser eine Spinne in der Mitte ihres karmesinroten Netzes. Es war wirklich schrecklich gewesen. Doch noch viel schrecklicher war die Sorge um seinen Sohn gewesen, dessen kleiner Körper sich vor Angst und Schmerzen gewunden hatte.

Aber all das lag nun hinter ihm. Auch wenn sein Körper nicht mehr länger existierte, hielt er seinen Sohn im Arm, spürte seine Nähe und sein Vertrauen in ihn. Rings um sich sah er nichts als Schwärze und doch wusste er, dass er nicht allein war. Dieser Ort war nicht der Himmel - schon allein, weil seine Tochter und seine älteren Söhne nicht bei ihm waren - und er hatte sich nicht ausgesucht hier zu sein. Aber es war auch kein trostloser Ort. Denn überall um ihn herum ...

... war Musik.

Wie ich Bestimmung fand

Als an diesem Morgen mein Wecker klingelte, schien alles ganz gewöhnlich zu sein. Jedenfalls so lange, bis ich die Augen öffnete. Denn es war stockdunkel. Das mag in vielen Schlafzimmern normal sein. Allerdings war es Mitte Juli, ich hatte keine Jalousien, Rollläden oder Vorhänge vor den Fenstern und selbst, wenn draußen noch Nacht herrschen sollte, so befand sich eigentlich eine Straßenlaterne in unmittelbarer Nähe zu meinen Fenstern. Dennoch sah ich überhaupt nichts. Zuerst durchfuhr mich der schreckliche Gedanke, dass ich über Nacht blind geworden sein könnte.

Panisch tastete ich nach meinem Handy, das auf meinem Nachttisch lag, und schaltete es ein. Erleichtert stellte ich dabei fest, wie die Beleuchtung des Displays meine Augen erhellte. Also war ich doch nicht blind. Dafür hatte ich anscheinend plötzlich keinerlei Empfang mehr, was eher ungewöhnlich war, aber längst nicht so beunruhigend wie verlorenes Augenlicht.

Mein nächster Gedanke war natürlich, das Licht anzuschalten. Also nutzte ich die Beleuchtung meines Smartphones, um mich zum Lichtschalter vorzutasten. Doch als ich ihn drückte, blieb es dunkel. Also auch noch ein Stromausfall? Das erklärte aber nicht, warum es auch draußen stockdunkel war. Niemand hatte etwas von einer Sonnenfinsternis berichtet und mein Handy behauptete steif und fest, dass es bereits 09:39 Uhr war. Eigentlich sollte es vor meinem Fenster taghell sein, auf dem nahen Spielplatz sollten sich die Kinder zanken und mein pedantischer Nachbar sollte wie jeden Sonntag seinen getunten Rasenmäher auspacken, um mich um den

Verstand zu bringen. Doch es war nicht nur dunkel, sondern auch merkwürdig still. Das einzige Geräusch, das ich hörte, war ein fernes, dumpfes, rhythmisches Dröhnen, welches von jenseits meiner Zimmertür kam. Auch wenn ich instinktiv die Quelle dieses Geräuschs ausfindig machen wollte, entschied ich mich stattdessen, ein Fenster zu öffnen und der rätselhaften Dunkelheit auf den Grund zu gehen. Ich räumte die Pflanzen von der Fensterbank herunter, während ich mein Smartphone als Taschenlampe verwendete, und öffnete eines der beiden großen Fenster. Ich hatte erwartet, einen frischen Luftzug ins Gesicht zu bekommen, aber alles, was ich wahrnahm, war eine schwache, muffige Wärmeabstrahlung. Vorsichtig streckte ich die Hand in Richtung der schwarzen Fläche, die sich hinter dem Fenster befand.

Ich hätte in diesem Moment mit vielem gerechnet. Dem Vakuum des Alls, dem absoluten Nichts oder auch mit schwarzen Samtvorhängen, die irgendwelche Spaßvögel über mein Haus gehängt hatten. Mit allem, aber nicht damit: Meine Hand stieß auf ein festes und doch nachgiebiges Hindernis, das sich weich und warm anfühlte und eine raue, strukturierte Oberfläche besaß.

„Organisch" war wohl der Begriff, der es am besten beschrieb. Ich leuchtete das seltsame Etwas direkt an und stellte dabei fest, dass es nicht wirklich schwarz war. Eher von einem sehr dunklen Grau. Und als ich es so betrachtete, erinnerte es mich am ehesten an den Rachen eines Menschen. Auch, wenn das natürlich absurd war. Das Problem war nur: Es gab keine andere Möglichkeit, als die Existenz dieser Absurdität anzuerkennen.

126

Ich war ein durch und durch bodenständiger, nüchterner Mensch von stabiler geistiger Gesundheit und schloss die üblichen Erklärungen wie Träume, Psychosen und Drogenwirkungen sofort aus. Das hier fühlte sich real an und damit war es auch real. Punkt. Und da es keinen alltäglichen Grund für eine organische Masse vor meinen Fenstern der Marke 'unachtsame Bauarbeiter haben einen experimentellen Baustoff aus einem Geheimlabor auf mein Haus fallen lassen' geben konnte, musste das hier etwas Außergewöhnliches sein. Außergewöhnlich, aber doch existent.

Über die Situation am Fenster hatte ich mich nun hinreichend informiert. Jetzt blieb mir nur noch, die Tür zu öffnen. Mit klopfendem Herzen ging ich auf dieses Stück Holz und Metall zu, das als einzige Bastion zwischen mir und dem stand, was dahinter verborgen lag. Eine letzte Verteidigungslinie, die ich mit einem Ruck zerriss, als ich den Griff herunterdrückte und die Tür aufzog.

Dahinter erwartete mich nicht die vermutete Dunkelheit, sondern ein Gang, der in rötliches Licht getaucht war. Ein Licht, welches aus keiner bestimmten Quelle, sondern von überall zugleich zu kommen schien. Und dieses Licht enthüllte mir, dass der Gang ebenfalls gänzlich organisch war. Anders als das Hindernis hinter meinen Fenstern war das Fleisch(?) nicht grau, sondern ebenfalls von einer rötlichen Farbe. Vorsichtig tat ich meine ersten Schritte in dieser unbekannten Umgebung und hatte dabei das Gefühl, auf einem sehr harten Kaugummi zu laufen. Unwillkürlich musste ich an diese Geschichte von dem Typen denken, der in einem Wal gestrandet war, oder an diese Filme, wo sie jemanden auf

Mikrobengröße schrumpfen und dann in den Körper von irgendeinem Penner schicken, um dort irgendein Problem zu lösen. Allerdings hatte ich keine Ahnung, welches Problem ich hier lösen könnte, außer dem nicht gerade unwichtigen, dass ich in dieser bizarren Situation gefangen war. Das Gewebe um mich herum pulsierte im gleichen Rhythmus wie das ferne, dumpfe Pochen, das den Gang hinaufdröhnte.

Da ich kaum eine andere Wahl hatte, folgte ich dem organischen Gang, während meine nackten Füße klatschende Geräusche auf dem Untergrund machten. In all der Aufregung hatte ich ganz vergessen, Schuhe oder wenigstens Socken anzuziehen, und steckte sogar noch in meinem Schlafanzug. Aber andererseits gab es ja auch keine festen Regeln, wie man sich in solch einer Umgebung zu kleiden hatte – jedenfalls keine, von denen ich wusste –, und die gleichmäßige Wärme dieses Ortes glich meine luftige Kleidung aus.

Der Gang war etwas abschüssig und hatte Ähnlichkeit mit der Speiseröhre eines Menschen. Da der Untergrund rutschig war, musste ich mich sehr vorsichtig bewegen. Dennoch kam ich einigermaßen gut voran. Das gleichmäßige Dröhnen wurde mit jedem Schritt eine Winzigkeit lauter. Ansonsten gab es außer feuchtglänzendem, rötlichem Fleisch nicht viel zu sehen.

Dieser Umstand änderte sich aber bereits nach wenigen Minuten. Mit einem Mal tauchte an der rechten Wand etwas auf. Erst hielt ich es für eine Art Verletzung, aber aus der Nähe betrachtet ähnelte es eher einem Krebsgeschwür, das sich wie ein fetter Parasit in die Tunnelwand gebohrt hatte. Das Gewebe des Geschwürs war deutlich heller als der eigentliche Tunnel. Beinahe weiß.

Es strahlte eine starke Wärme aus. Nicht so heiß wie ein Ofen, aber warm genug, um den Temperaturunterschied zu bemerken. Auch wenn das Geschwür hässlich, teigig und unförmig war, kam es mir irgendwie vertraut vor. Eigentlich hätte jeder vernünftige Mensch sich vom diesem Ding ferngehalten, aber da ich von Natur aus neugierig war, ließ ich es mir nicht nehmen, das Ding zu berühren. Der Tumor fühlte sich unerwartet trocken und rau an, doch das war nicht das eigentlich Erstaunliche. Das eigentlich Erstaunliche war, dass sich mit meiner Berührung ein Auge öffnete, das anscheinend mitten in dem Ding verborgen gewesen war. Und in diesem Auge wohnte Intelligenz. Eine gequälte und gepeinigte Intelligenz.

Das wiederum war so verblüffend, dass ich den Halt auf dem glitschigen Untergrund verlor und wie auf einer Rodelbahn hinabrutschte. Jeder Versuch, die Kontrolle über meinen Absturz zu übernehmen, schlug fehl, weswegen ich nach mehreren Minuten Schlittern und Rutschen letztendlich mit großer Wucht gegen etwas Weiches und Elastisches prallte, dass mich wie ein Trampolin zurückprallen ließ. Einen Moment lang blieb ich benommen und mit heftigen Kopfschmerzen auf dem schleimigen Boden liegen und drohte fast das Bewusstsein zu verlieren, als mich eine unbekannte Stimme davor bewahrte.

„Hallo Mensch!", sagte jemand und klang dabei, als würde ein Dämon im Stimmbruch durch ein Megafon sprechen. Zugleich schrill, dunkel, zittrig und irgendwie phasenverschoben.

Neugierig und ängstlich zugleich blickte ich hoch und sah das wahrscheinlich bizarrste Geschöpf, welches das

Universum je hervorgewürgt hatte.

Sein Rumpf hatte große Ähnlichkeit mit einem langge-
zogenen Dickdarm oder einem Python mit massiven
Hautproblemen. Sein Kopf – wenn man das so nennen
konnte – erinnerte an zwei Nieren, die man am Ende
dieses Dickdarms befestigt und dann zwei wässrige weiße Augen dort hineingepflanzt hatte. Seine Worte hingegen kamen aus einer dazwischen gelegenen Fleischkugel,
die am besten mit den Versuchen eines Metzgers zu vergleichen waren, aus Hack eine Rose zu formen. Beine
hatte das Ding keine. Es glitt auf seinem Rumpf umher,
als wäre unter dem Boden ein Magnet befestigt, mit
dem es jemand steuerte. „Keine Angst" kam aus dem
Fleischrosenmund. Leichter gesagt als getan.

„Wo bin ich hier? Ist das der Körper eines
Lebewesens?" überwand ich mich, das hässliche Ding
zu fragen.

Der Fleischrosenmund zog sich kurz zusammen und
öffnete sich wieder. Aus irgendeinem Grund nahm ich
an, dass das sein Äquivalent zu einem Lächeln war. „Du
bist an einem Ort, an dem du nicht sein solltest", antwortete das Ding.

Das hätte ich mir selbst auch denken können. Immerhin
waren wir uns in dieser Sache einig. „Wie ist dein
Name?", fragte ich als Nächstes. Vielleicht würde ich
mich in der Gegenwart dieses Dickdarmdings wohler
fühlen, wenn ich es irgendwie anders nennen konnte.
Zumindest hoffte ich das. Das Wesen schloss seine
wässrigen Augen, ganz so, als müsse es nachdenken.
„Bestimmung" presste es letztlich aus seinem grotesken
Mund hervor. Nun, das war immerhin griffig. „Angenehm, Lena." Instinktiv wollte ich "Bestimmung" die

Hand reichen, aber das scheiterte daran, dass er nicht einmal Arme hatte. „Du hast gesagt, dass ich nicht hier sein sollte. Hast du eine Ahnung, wie ich hier wieder verschwinden kann? Und warum ist all das hier plötzlich vor meinem Schlafzimmer aufgetaucht?"

Diesmal kam die Antwort direkt. „Wir sind ständig in Bewegung. Jede Position ist nur ein temporärer Zustand im endlosen Feld der Möglichkeiten. Und die Zukunft eines jedes Ortes ist bereits im Jetzt angelegt. Der Kreis will sich schließen. Und der Kreis ist das, was zählt. Das Schlagen. Das Erneuern."

Zu behaupten, ich hätte irgendetwas davon verstanden, wäre übertrieben. Aber wenigstens war der zweite Teil seiner Antwort verständlicher. „Zu deiner ersten Frage: Ja, ich weiß, wie du hier verschwinden kannst. Folge mir einfach."

Drei Gänge gingen, neben dem, durch den ich gerutscht war, von der Kammer ab, in der ich Bestimmung getroffen hatte. Einer zweigte leicht nach rechts ab. Von dort wehte ein frischer, kühler Luftzug zu mir, dessen Richtung sich kurz darauf umkehrte, nur um mir dann wieder direkt ins Gesicht zu blasen. Mit der angenehmen Kühle drang auch ein leises Zischen und Pfeifen an mein Ohr. Ein weiterer Gang führte nach links. Von ihm ging ein beißender, saurer Geruch aus, der in meinen Lungen brannte und meine Augen reizte. Aus dem mittleren Gang aber klang laut und deutlich das rhythmische Pulsieren, welches ich schon die ganze Zeit über gehört hatte. Bestimmung folgte dem mittleren. Und ich folgte ihm. Während ich versuchte, mit ihm mitzuhalten – für jemanden ohne Beine bewegte er sich erstaunlich schnell – stellte ich ihm eine weitere Frage: „Wohin führen die anderen Gänge?"

„Sie sind das Ende anderer Schicksale. Nicht von Belang für dich."

Schweigend gingen wir weiter. Mit jedem Schritt, den wir taten, bohrte sich das dumpfe Pulsieren lauter in meine Trommelfelle. Gelegentlich kamen wir an einem der weißlichen Geschwüre vorbei, mit denen ich vorher schon Bekanntschaft gemacht hatte. Ich hielt mich so gut wie möglich fern von ihnen. „Was sind das für Dinger?", fragte ich Bestimmung. „Und woher kommt dieses Geräusch?"

Er antwortete nicht und ich hatte auch nicht das Gefühl, dass mir Bestimmung eine Antwort auf diese Fragen geben wollte. Doch ich würde es wahrscheinlich in Kürze erfahren. So laut, wie das Pulsieren nun war, konnte es nicht mehr lange dauern, bis ich seine Quelle zu Gesicht bekommen würde. Während ich still neben meinem seltsamen Begleiter vorbeiging, in dessen bizarrem Gesicht sich keine Regung zeigte, wurde ich mir erst wieder der Absurdität meiner ganzen Situation bewusst. Eigentlich sollte ich gerade am Frühstückstisch sitzen und in ein Marmeladenbrot beißen und mich nicht zusammen mit einem sprechenden Dickdarm durch den Körper von Gott weiß was bewegen. Allerdings half hadern hier wenig. Die Karten waren verteilt und nun kam es nur darauf an, wie ich mein Blatt spielte.

Als das Dröhnen der rhythmischen Schläge bereits ohrenbetäubend laut war und meine Knochen heftig zum Vibrieren brachte, bogen wir um die Ecke und standen mit einem Mal vor einer großen, leicht durchscheinenden Membran.

„Liegt dahinter der Ausweg?", fragte ich meinen Begleiter. Bestimmung drehte sich zu mir um. Seine milchi-
gen, großen Augen waren weit aufgerissen. „Gewisser-
maßen", antwortete er.

Dann öffnete sich sein Fleischrosenmund erneut. „Er-
neuerung!", schrie er so laut, dass ich mir die Ohren zu-
halten musste, um nicht taub zu werden. Es war ein
schrecklicher Laut, aber er sorgte dafür, dass die Membran zerriss.

„Musste das sein?", fragte ich empört, während meine
Ohren fiepten wie nach einem besonders lauten Rock-
konzert. „Ja", antwortete Bestimmung. „Tritt ein. Das
ist der Weg, den du gehen musst."

Gleichermaßen hoffnungsvoll und ängstlich schritt ich
durch die zerrissene Membran. Bestimmung folgte mir.
Ich fand mich nicht in der erhofften Freiheit wieder,
sondern in einer großen, runden Kammer, von der kein
Weg wegführte, außer demjenigen, auf dem wir herge-
kommen waren. In ihrer Mitte schlug ein gewaltiges
Herz. Es war größer als ein LKW, dunkelrot und von
blauen und hellroten, aber auch schwarzen und grauen
Adern durchzogen. Obwohl seine Schläge den Boden
zum Beben brachten, war mir sofort klar, dass es im
Sterben lag. Doch auch wenn das durchaus beeindru-
ckend und zugleich bedauerlich war, interessierte es
mich nicht. Das Einzige, was mich interessierte, war der
Weg hier raus.

„Wo ist jetzt der Weg in die Freiheit?" verlangte ich von
Bestimmung zu wissen. Seine Augen, die in den nieren-
artigen Kopflappen ruhten, schlossen sich. „Es gibt keinen. Hier ist deine Reise zu Ende."

Diese Worte trafen mich wie ein eiskalter Schlag in den

Magen. Panisch rannte ich auf die zerrissene Membran zu, nur um festzustellen, dass sie nicht länger zerrissen war. Sie hatte sich direkt hinter mir geschlossen. Ich versuchte sie mit meinen Fingern erneut zu zerfetzen, fand aber keinen Punkt, an dem ich ansetzen konnte. Das Gewebe war glitschig und zugleich fest wie Leder. Auch Tritte und Faustschläge brachten nichts.

„Mach es wieder auf!", befahl ich Bestimmung. Aber er dachte nicht daran. Stattdessen sah er mich mit einem Blick an, den ich für den Rest meiner bedauernswerten Existenz nicht mehr vergessen werde. Jetzt endlich wusste ich, woher sein Name kam. Denn in diesem Blick lag Bestimmung. Eine unverrückbare Bestimmung, gegen die es kein Aufbegehren geben konnte. Und es war nicht die Seine. Es war meine.

Mit einem Mal wurde ich von den Füßen gerissen und flog wie von einem Magneten gezogen auf das sterbende, gewaltige Herz zu. Ich landete inmitten des ekelhaften Gewebes, dessen abscheuliche Wärme ich selbst durch meinen Schlafanzug hindurch wahrnahm. Ich versuchte mich von dort hochzukämpfen. Aber es ging nicht. Zu meinem Erschrecken stellte ich fest, dass mein Leib schon damit begonnen hatte, sich mit dem Gewebe des Herzens zu verbinden.

Pures Grauen erfüllte mein Sein. „Was passiert hier? Was geschieht mit mir?" schrie ich in die Richtung von Bestimmung gewandt. „Deine Bestimmung erfüllt sich", erwiderte er. „Das Herz braucht neue Kraft. Einen neuen Geist. Du bist dieser Geist. Du wirst ihm dienen. Bis ein Anderer kommt."

Ungläubig starrte ich ihn an, während ich immer tiefer in das Herz einsank – das Herz wurde. Das war nur ein

Scherz. Das musste ein Scherz sein. Aber das Herz sagte mir, dass es keiner war. Es spülte Bilder in meinen Geist. Bilder meiner Vorgänger. Bilder von Menschen, die gekämpft und gefleht hatten und die letztlich doch in das pulsierende Fleisch eingegangen waren. Menschen, die das Herz wurden. Menschen, die Mägen wurden und Lungen und Nieren und die doch ihr altes Ich beibehielten, während sie keine Wahl hatten, als die ihnen zugewiesene Aufgabe zu erfüllen. Keine andere Wahl, als Luft, Magensaft und Blut in sich aufzunehmen, bis sie irgendwann verbraucht waren und neue Opfer ihrer Bestimmung harrten. Diese Bilder löschten sämtliche Fragen aus, die ich in mir trug, bis auf eine: „Was soll das alles? Was ist der Sinn darin?" fragte ich flehend und stellte damit vielleicht die gewöhnlichste und wichtigste Frage, die ein Mensch überhaupt stellen konnte.

Und Bestimmung antwortete mir. „Es muss weiterschlagen. Immer nur weiterschlagen." Dann trat er ungehindert durch die Membran und ließ mich für den Rest meines Lebens allein.

Einhornträume

Der Mond warf seinen Platinglanz
Auf mich und mein so wundes Herz
Der Klang von Hufen rief zum Tanz
In jener Nacht im späten März

Ein Wesen aus dem Märchenreich
Durchbrach das zitternde Geäst
Zerbroch'ner Sterne Splitter gleich
Glänzt weiß sein Fell – ein Augenfest

So rein die Kraft, die es verströmt
Die Unschuld, die es atmen lässt
Sein sanfter und doch starker Kopf
hält mich und meine Seele fest

Als Kind hab' ich in mancher Nacht
Mir sein Erscheinen heiß ersehnt
Hab voller Träume still gewacht
Und seinen Namen oft erwähnt

Nun bin ich glücklich und erfüllt
Von seiner Andersartigkeit
Auch wenn mein Mund vor Schmerzen brüllt
So fühlt mein Herz doch Dankbarkeit

Allein sein silbrig strahl'ndes Horn
Verwandelt all dies Licht in Graus
Es drang durch meine Brust von vorn
Und trat im Rücken wieder aus

Die Eiskönigin

Meine Füße durchbrachen die dichte Schneedecke und verursachten dabei ein knirschendes Geräusch. Es klang an diesem friedlichen Wintermorgen fast wie ein Sakrileg. Dieser Morgen gehört dem Frieden und der Stille. Geräusche waren hier fehl am Platz. Trotzdem genoss ich diesen Spaziergang viel zu sehr, um ihn einfach wieder abzubrechen. Mein Atem bildete kleine Wölkchen in der eiskalten Morgenluft, aber mein Herz war von warmer Vorfreude erfüllt. Endlich hatte ich frei und konnte mich ungehindert auf den Heiligabend mit meiner Freundin, meinem kleinen Sohn und unserer Hündin Nala freuen, die gerade wohl noch friedlich in ihrem warmen Körbchen schlummerte. Zuallererst aber, wollte ich es einfach genießen am Leben zu sein. Frei von jedem Zwang und allen Aufgaben. Einfach nur sein. Glücklicherweise lag unser Haus nicht weit entfernt von einem kleinen Wäldchen, das sich wunderbar zum Joggen oder Spazieren gehen eignete. Über den Wald und die Wiese davor und auch über die kleine Kirche, die nicht weit von hier entfernt stand und der wir - den Eltern meiner Freundin zuliebe - später noch einen Besuch abstatten würden, hatte sich eine tiefe Decke aus lockerem Schnee gebreitet, deren unberührte Perfektion ich Schritt für Schritt mit meinen Stiefeln durchbrach. Mit jedem Schritt wirkte die Baumgrenze vor mir höher und eindrucksvoller. Der Wald war nicht gerade riesig, aber da ich vor noch nicht allzu langer Zeit hier her gezogen war, gab es dort für mich noch immer etwas Neues zu entdecken.
Als ich die Grenze des Wäldchens erreicht hatte, war

meine schwarze Hose bereits fast zu den Knien mit weißen Kristallen bedeckt. Die Bäume ragten - außer den
Tannen und Fichten natürlich - kahl, aber schneebe-
deckt vor mir auf und standen dabei so nah beieinander,
dass sie trotz ihrer fehlenden Blätter noch immer erstaunlich wenig Licht durchließen. Natürlich war es im
Wald nicht gerade stockfinster, aber es gab deutlich
mehr Schatten als Draußen. Und Geheimnisse. Ich tat
die ersten Schritte auf dem schmalen Waldweg und stellte erleichtert fest, dass auch die Schneedecke hier dün-
ner war. Sicher war sie immer noch gut sieben Zentime-
ter hoch, aber immerhin würde ich halbwegs vorankom-
men.

Bereits als ich wenige Minuten durch den Wald gewandert war - sehr froh über meine dicke Winterjacke, da es
inzwischen wirklich extrem kalt zu werden begann - fiel
mir die Stille auf.

Es war eine andere Stille als ich sie zuvor erlebt hatte.
Es war nicht das Fehlen von Autolärm, Gesprächen und
klingelnden Smartphones. Es war die vollständige Abwesenheit von Geräuschen. Keine Vögel. Keine Tiere.
Keine Insekten. Überhaupt nichts war zu hören. Ein irgendwie beunruhigendes Gefühl. Inzwischen meinte ich
sogar, dass meine eigenen Schritte immer gedämpfter
klingen würden. Ich schob den Gedanken als albern beiseite. Wahrscheinlich schliefen die Tiere noch oder ich
hatte sie verscheucht. Wenn mir die Stille zu sehr auf die
Nerven ginge, könnte ich ja immer noch zurückgehen.
Immerhin war ich ja erst vor einer knappen Viertelstunde in den Wald gekommen und der Rückweg sollte
demnach nicht allzu schwer zu finden sein.

Aber ich ging weiter. Immerhin wollte ich den Spaziergang genießen und mir das nicht von Hirngespinsten versauen lassen.

Die Schneedecke wurde jetzt seltsamerweise doch wieder dichter, obwohl die Bäume hier noch enger beisammen standen als zuvor. Manchmal hatte ich sogar Schwierigkeiten mich zwischen den engen Zweigen hindurch zu schieben. Vor allem aber begann das Stapfen durch den tiefen Schnee mich nach und nach zu ermüden. Trotz der Kälte fühlte ich, wie mein Hemd unter der dicken Winterjacke an meinem Körper klebte. Wenn ich wieder zurück war, würde ich erst einmal ein warmes Bad nehmen.

Auch wenn der Marsch an meinen Kräften zehrte und mir die Stille und die Kälte langsam sehr unangenehm wurden, genoss ich den Spaziergang nach wie vor. Es war einfach eine wunderbare Abwechslung vom geistig anstrengenden aber körperlich anspruchslosen Büroalltag. Ich hatte mich einfach lange nicht mehr so entspannt und ausgeglichen gefühlt. So schritt ich gedankenverloren und beinah traumwandlerisch durch den winterlichen Wald, der würzig nach ... Nein. Eigentlich roch er nach gar nichts. Nach überhaupt nichts. Es roch nicht nach Tannennadeln, nicht nach Harz, nicht nach Pilzen oder einem anderen der typischen Waldgerüche. Nicht einmal schwach. Wenn ich nicht bereits meinen eigenen Schweiß gerochen hätte, hätte ich schon geglaubt, dass meine Nase nicht mehr funktionierte. Das war nicht mehr normal. So langsam machte sich doch beinah so etwas wie Angst in mir breit und ich wollte wieder nach Hause zurück und aus meinen nassen, verschwitzten und gefrorenen Sachen schlüpfen.

Dabei stolperte ich aber prompt und landete mit dem

Bauch auf dem Boden. Sofort hatte ich Schnee im Mund, in den Haaren und an so ziemlich jeder anderen Stelle meines Körpers, die nicht von Kleidung bedeckt war. Immerhin war ich weich gefallen. Ich stand auf, schüttelte und klopfte den Schnee ab, so gut es ging und versuchte zu entdecken worüber ich gestolpert war. Ich entdeckte es recht schnell, auch wenn ich nicht sofort erkannte, worum es sich handelte. Es war anscheinend ein dicker und massiver Eisklumpen von der Größe einer Faust. Vorsichtig hob ich ihn hoch. Meine Finger kribbelten schmerzhaft, da ich dummerweise nur sehr dünne Handschuhe mitgenommen hatte. Im Inneren des Klumpens war etwas eingeschlossen. War das ein Vogel? Tatsächlich. Ein kleiner Spatz umgeben von einer Hülle aus Eis. Sein Schnabel war geöffnet und seine kleinen Augen blickten mich überrascht an. Er muss noch gelebt haben als er eingefroren worden war. Aber wie konnte das sein? So kalt war es doch hier nun wirklich nicht.

Der kleine Vogel tat mir sofort leid. Ob er wohl auch Familie hatte? Ob ihnen das Gleiche widerfahren war? Ich konnte mir jedenfalls absolut nicht vorstellen, was geschehen sein konnte.

Erst wollte ich den kleinen gefrorenen Vogel zurück in den Schnee legen, aber irgendwas brachte mich dazu ihn einzustecken. So morbide das auch war. Trotzdem konnte ich dem Drang nicht widerstehen und ließ den kleinen Kerl in die Seitentasche meiner Jacke gleiten. Jetzt aber nichts wie weg. Hier war es mir wirklich zu seltsam. Ich wollte lieber den Baum schmücken, Glühwein trinken, Geschenke verpacken oder meinem Sohn etwas vorlesen. Von diesem Wald hatte ich fürs Erste genug.

Ich drehte mich um, um mich auf den Rückweg zu machen. Aber es gab keinen Weg mehr. Vor mir ragte eine massive Mauer aus steinhartem Eis und dornigen kahlen Zweigen auf. Ich war gefangen.

Vor Staunen klappte mir förmlich das Kinn herunter und eiskalte Schneeflocken schmolzen auf meiner Zunge. Sie waren nicht halb so eisig wie die Angst, die mein Herz packte. Verzweifelt hielt ich in beide Richtungen Ausschau, aber die Mauer erstreckte sich soweit ich sehen konnte. Sie hatte kein Ende.

In Panik schlug ich mit beiden Händen auf das Hindernis ein, aber außer Schmerzen und tauben Fingern brachte mir das nichts ein. Die Mauer hätte auch aus Stahlbeton sein können. Ich sah zwar den Rückweg wie durch milchiges Glas vor mir, konnte aber nicht dort hingelangen. Auch drüber klettern konnte ich nicht, da die Mauer sicher hundert Meter hoch war.

Ich versuchte mich zu beruhigen, auch wenn das angesichts dieses Ereignisses kaum möglich schien. Mauern aus massiven Eis bildeten sich doch nicht in Sekunden aus dem Nichts. War das ein neuartiges Wetterphänomen? Oder hatte ich ein paar Glühwein zu viel getrunken und fantasierte? Die Kälte an meinen Händen fühlte sich jedenfalls sehr real an. Ich atmete tief durch und sog die scharfe, frostige Winterluft in meine Lungen. Langsam zählte ich bis Zehn. Wenn ich nicht zurückkonnte gab es ja eigentlich nur eine Möglichkeit - neben erfrieren und verhungern natürlich - ich musste nach vorne gehen. Vielleicht fand ich so über Umwege nach Hause zurück.

Ich ging jetzt sicher schon zwei Stunden in diese Richtung und konnte noch immer kein Ende des Walds entdecken, als sich ein Schatten über die helle Mittagssonne legte. Ich schaute nach oben und wäre fast erneut gestolpert. Über den Himmel schob sich - vielleicht zwanzig, dreißig Meter über mir - in unglaublicher Geschwindigkeit eine milchige Kuppel aus Eis, die das Sonnenlicht auf ein bläuliches Zwielicht dämpfte. Sie breitete sich knisternd und krachend aus und ich war mir sicher, dass sie weit hinter mir die Mauer erreichen und sich damit verbinden würde. Nun war ich endgültig gefangen. Entmutigt und gleichermaßen vor Angst wie vor Kälte zitternd, schleifte ich meinen durchgefrorenen Körper weiter durch den Wald. Getrieben von der irren Hoffnung, dass es noch immer irgendwo einen Ausweg gab. Im nun vorherrschenden schwachen und bläulichen Zwielicht musste ich höllisch aufpassen nicht zu stolpern und mir auch noch den Knöchel zu verstauchen. Gleichzeitig glaubte ich eine dünne und ferne Stimme singen zu hören, konnte aber nichts Genaueres ausmachen. Ich verlor wohl gerade den Verstand, was in meiner Situation ja auch kein Wunder war. Um mich von der Aussichtslosigkeit meiner Lage abzulenken, holte ich den kleinen Spatz aus meiner Tasche. Meine Augen hatten sich inzwischen etwas an das Dämmerlicht gewöhnt, weswegen ich den Vogel nach wie vor gut erkennen konnte. Was ich dabei sah, erschreckte mich erneut. Der Vogel lebte noch. Zwar konnte er sich nicht wirklich bewegen, aber in seinen Augen lag einfach Leben und von Zeit zu Zeit zuckte er kaum merklich mit den Flügeln. Das war unmöglich. Das konnte nicht sein. Genauso wenig konnten allerdings Eismauern und Eiskuppeln aus dem Nichts entstehen.

Wie es auch sei, ich musste den Vogel befreien. Irgendwie. Das kleine Wesen hatte sein Gefängnis nicht verdient. Ich sank auf die Knie und suchte in dem schwachen Licht nach einem scharfen Gegenstand, fand aber
nichts. Dann aber fiel mir mein Haustürschlüssel ein.
Ich kramte ihn mit ungeschickten Fingern aus meiner
Hosentasche und hieb mit aller Kraft auf das Eis ein,
dass den Spatz umgab. Es gab ein trockenes Knacken
und ich dachte schon, dass ich ein Loch in das Eis ge-
hauen hätte. Aber nein. Das Eis war so glatt und makellos wie zuvor. Stattdessen war der Bart meines Schlüs-
sels abgebrochen. Wie passend, dachte ich zynisch.
Wahrscheinlich werde ich ohnehin nie wieder nach
Hause zurückkehren.

Da ich dem Vogel anscheinend nicht helfen konnte, ließ
ich ihn zurück in die Tasche gleiten und setzte meine
sinnlose Reise fort.

Ich lief Stunde um Stunde und die Kälte nahm in mir
immer mehr Raum ein. Selbst mein Schweiß schien inzwischen gefroren zu sein. Außerdem hatte ich Hunger.
Ich hatte gestern kaum etwas zu Abend gegessen und
nicht gefrühstückt und bedauerte das nun sehr. Da ich
außerdem Durst hatte, griff ich mir eine Handvoll
Schnee und stopfte sie mir in den Mund. Gegen den
Durst half es zwar ein wenig, aber es beruhigte nicht
meinen Hunger und gleichzeitig zog es auch die Wärme
aus meinem Mund. Dabei war mein Mund so ziemlich
der letzte Teil von mir, in dem es noch so etwas wie
Wärme zu geben schien. Zu allem Überfluss wurde es
nun auch noch dunkler. Die Sonne senkte sich jenseits
der seltsamen Kuppel langsam dem Horizont entgegen
und ihr schwächer werdendes Licht machte das Voran-

kommen noch schwerer.

Ich legte meine Arme eng um meinen Körper, um mich zu wärmen und setzte einfach einen Fuß vor den anderen. Währenddessen dachte ich an Glühwein. An unseren Kamin. An heißen Raclette-Käse. Aber nichts davon half. Die Kälte wich einfach nicht.

Irgendwann wurde es plötzlich heller. Erst begriff ich nicht warum, aber dann stellte ich fest, dass die Bäume verschwunden waren. Trotzdem war ich nicht aus diesem verfluchten Wald raus. Ich befand mich vielmehr auf einer kreisrunden kahlen Lichtung. Links und rechts von mir erstreckten sich weiter die Baumreihen, über mir war noch immer die seltsame Kuppel und vor mir sah ich ... einen Palast. Einen glitzernden Palast mit schlanken hohen Türmen, die wie Eiszapfen in Richtung der Kuppel ragten. Der Palast glühte von sich aus in einem kalten und eisblauen Licht und auch wenn er mir eine grauenhafte Angst einjagte, fühlte ich mich dort hingezogen. Wo sonst, sollte ich auch hingehen?

Ich trat ein paar Schritte auf das seltsame Gebäude zu, als ich fast ausrutschte. Ich sah nach unten und entdeckte einen Fuchs. Er war genauso von Eis umgeben wie der Spatz und schien ebenfalls zu leben. Neben ihm lagen ein Dachs, ein Eichhörnchen, weitere Vögel, Käfer, Würmer, Mäuse, Ratten und viele weitere Tiere. Die gesamte Lichtung war gesäumt von armen Kreaturen die in einem eisernen Gefängnis vor sich hin vegetierten und einfach nicht sterben konnten. Eisiges Grauen erfasste mich. Und unendliches Mitleid. Trotzdem ging ich weiter und benutzte die lebenden Eisblöcke notgedrungen als Trittsteine, während Schwänze schwach zuckten, Augen mich flehend ansahen und kleine Pfoten

144

vergeblich an ihren Gefängnismauern kratzten.

Irgendwann war ich am Palast angekommen. Er erstreckte sich wirklich bis zur Kuppel und schien ebenfalls vollständig aus Eis zu bestehen. Er strahlte eine Kälte aus, die selbst noch die ohnehin vorherrschende Kälte hier draußen übertraf und die irgendwie auch die Seele erreichte. Nicht nur den Körper. Trotzdem musste ich hinein.

Vor mir fand ich ein großes Tor aus Eis. Ich klopfte dagegen und wurde mit einem kreischenden und singenden Laut belohnt, der klang, als wären tausend Weingläser zerborsten. Erst geschah weiter nichts. Ein eisiger Wind, den es eigentlich innerhalb dieser Kuppel gar nicht geben sollte, zerrte an meiner Jacke und der Schnee fiel inzwischen dicht wie eine Wand. Als ich schon dachte, dass mich niemand einlassen würde, öffnete sich die Tür.

Vor mir stand ein Mann. Er war ausgezehrt und dünn und hatte dicke dunkelgraue Ringe um seine Augen in denen unfassbares Leid geschrieben stand. Vor allem aber war er nackt. Vollkommen nackt. Und das, obwohl es hier drin sicher zwanzig Grad unter Null war. "Kommen Sie herein", brachte er zitternd hervor. Seine Stimme klang kraftlos und unendlich schwach. Er bibberte am ganzen Körper. "Mylady erwartet sie." fügte er mit verlegener und unterwürfiger Stimme hinzu. Er zitterte dabei die ganze Zeit deutlich sichtbar. Seine Zähne klapperten. Bei allem Mitleid beschäftigte mich aber eine Frage: "Wer ist Mylady?". Seine Augen weiteten sich erst. Dann blickte er verlegen zum Boden. "Mylady erwartet euch" wiederholte er nur. "Folgen sie mir". Mehr würde ich aus dieser erbärmlichen Gestalt wohl nicht herausbekommen, auch wenn sich mir tausend Fragen aufdrängten. Deshalb folgte ich dem seltsamen Mann durch den eisigen Korridor. Im Inneren des Palastes war es so schön, dass mir der Atem stockte und ich die klirrende Kälte fast vergaß. In die eisigen Wände waren feine Blumenmuster und winterliche Szenen eingraviert. Es gab Sessel, Bänke und Tafeln aus Eis. Auf einer der Tafeln lag ein regelrechtes Festmahl. Gebäck, Aufläufe, Zuckerstangen und Suppen, die alle weiß glitzerten. Ich nahm einen Zimtstern von der Tafel, der sofort in meiner Hand schmolz und dabei trotzdem einen angenehm winterlichen Duft nach Gewürzen verströmte. Ich leckte das Tauwasser auf und fühlte, wie meine Angst sich zurückzog. Die ganze Zeit fiel von der Decke sanfter und feiner Schnee. Ich sah sogar Eiskristalle so groß wie meine Hand, die einfach schwerelos in der Luft schwebten. Ich hätte es den ganzen Tag betrachten können. Ab und zu sah ich weitere frierende Diener, die so waren wie der, dem ich folgte: Nackt, zitternd und unterwürfig. Warum zogen sie sich nichts an? Und vor allem: Warum waren sie noch nicht erfroren? Ich verstand es einfach nicht.

Nachdem wir sicher zehn Minuten durch endlose gläserne Hallen aus Eis und Schnee gewandert waren - Minuten, in denen mein Begleiter nicht ein Wort gesprochen hatte - kamen wir zu einer riesigen Tür auf der ein großer Schneekristall eingraviert war. Der Mann drehte sich um und blickte mich wieder ängstlich und flehend an. "Zieht eure Jacke aus.", bat er mich. Hatte er den Verstand verloren. Ich fror schon mit Jacke erbärmlich. Der Mann interpretierte meinen Gesichtsausdruck richtig. "Ihr werdet sie nicht brauchen.", versicherte er mir und irgendwie glaubte ich ihm seltsamerweise. So zog ich meine Jacke unbeholfen aus und spürte sofort, wie kalt es in diesem Palast wirklich war. Ich bekam eine Gänsehaut und begann zu zittern. Gerade wollte ich meine Jacke wieder anziehen, als sich der Diener einen der Eiszapfen nahm, die vom Boden aus aufragten und ihn sich in den Unterarm rammte. Ich zuckte zusammen und wollte ihn stoppen, aber er beachtete mich gar nicht. Stattdessen führte er den blutigen Eiszapfen wie einen Schlüssel in die Tür, die sich daraufhin mit einem Knarren öffnete.

Aus dem Raum schlug mir unerwartete Wärme entgegen. Sehen konnte ich aber nichts. Der Diener blickte mich auffordernd an, während er seinen blutenden Arm festhielt. Ich trat ins warme Dunkel und die Tür schloss sich sofort mit einem knirschenden Laut.

Augenblicklich wurde die Halle von dem seltsamen blauen Licht erfüllt. Sie war trotz der angenehmen Wärme ebenfalls vollständig aus Eis, welche nicht mal im Ansatz zu tauen schien. Die Wände waren ebenfalls mit Winterlandschaften verziert und einige von ihnen zeigten sogar seltsame Liebesszenen, die ich so meinem kleinen Sohn sicher nicht gezeigt hätte. In einer Ecke des Raumes stand eine große Nordmanntanne, deren Nadeln komplett mit Eis überzogen waren. An ihren Zweigen hingen Kugeln aus Eis, in denen kleine lebende Vögel und Nagetiere steckten und verzweifelt und vergeblich zu entkommen versuchten. Leidensgenossen der Tiere vor dem Palast.

An der Decke aber ... nun, dort hingen Menschen. Frauen, Männer und Kinder, die von Eiszapfen aufgespießt und wie Schmetterlinge an die Decke geheftet worden

147

waren. Sie gaben schwache und leise Schreie von sich.
Ich wollte ihnen helfen. Oder vor diesem Anblick fliehen. Aber ich konnte nicht. Denn all dies verblasste hinter der Gestalt, die am Ende des Raumes auf einem aus
Eis geformten Thron saß. Sie war schöner als alles was
ich je gesehen hatte. Schöner als meine Freundin. Schöner als meine Ex-Freundin. Schöner als jedes Lebewesen auf diesem Planeten. Ihr Körper war schlank und
wohlgeformt, ihre blau-weißen Haare schienen aus ge-
sponnenem Schnee zu bestehen. Ihre Haut schimmerte
wie frisch geborenes Eis. Magnetisch angezogen ging
ich auf sie zu. Ich sog ihre Schönheit in mich auf. Und
ich verfluchte, ja hasste plötzlich die jämmerlichen
Schreie der Menschen über mir. Ich wollte ihre Schönheit in Ruhe genießen. Sie lächelte nicht. Sie hatte noch
nie gelächelt. Das erkannte ich ohne jeden Zweifel.
Aber ich wusste dennoch, dass sie mich wollte.
Endlich hatte ich ihren Thron erreicht. "Du sollst an
meiner Seite herrschen.", flüsterte sie mir mit blauen
und glitzernden Lippen ins Ohr. Ihr Atem roch wie ein
frischer Wintermorgen. Ihre kühle Hand packte meinen
Kopf und sie gab mir einen Kuss der, wie ein reinigen-
des eisiges Bad über meinen Körper schwappte. Ich
schmolz in ihren Armen und tief in mir nistete sich ihr
frostiger Odem in meine Seele ein. Mein Herz vereiste.
Ich spürte Klarheit und Ruhe und verlor mich in ihrer
eisigen Umarmung. Ich riss mir meine nutzlose Kleidung vom Körper und übergab alle Wärme, die ich
noch in mir hatte, ihrem frostigen Leib. All meine Liebe.
Zu meiner Familie. Zu meinen Freunden. Zu meinem
Leben. Als ich ihr den letzten köstlichen Funken
menschlicher Wärme zum Geschenk gemacht hatte, er-

hob ich mich von ihrem Thron. Gemeinsam schritten wir in unser frostiges Reich hinaus und scheuchten die ewig frierenden Diener beiseite. Wir hatten etwas zu erledigen. Dort draußen gab es eine Familie, die so viel Wärme zu geben hatte, und die auf ein Geschenk von mir wartete. Sie würden es bekommen.

Tief im Wald

Aus vollen Lungen sog ich die würzige Waldluft ein. Es war wirklich eine gute Idee von meiner Freundin Kathrin gewesen, dieses Wochenende im Wald zu planen. Wir beide waren beste Freundinnen seit wir sechs waren und hatten früher oft in der freien Natur gezeltet, Entdeckungen gemacht, uns Gruselgeschichten erzählt oder einfach unterm Sternendach über Gott und die Welt philosophiert. Irgendwann kamen dann die Pubertät, das Erwachsenenleben, unsere Jobs und Verpflichtungen. Und auch wenn unsere Freundschaft bis heute überdauerte, so war es doch viele Jahre her, dass wir beide gemeinsam in der Natur übernachtet hatten. Doch obwohl wir beide jetzt Anfang dreißig waren, hatte dieser spezielle Wald für uns nichts von seiner Faszination verloren.

Zwar hatten sich die Zeiten geändert und wildes Campen war dort inzwischen strengstens verboten, aber dafür gab es einige offizielle Schlafplätze, die man sich reservieren konnte. Während die meisten davon in der Nähe des Eingangsbereichs und des waldeigenen Cafés lagen, welches dort inzwischen eröffnet hatte, haben wir uns für einen kleinen Hochstand tief im Herzen des Walds entschieden. Dort würden wir nicht so schnell von quengeligen Schulklassen und lärmenden Touristen gestört werden.

Wir passierten gemeinsam das kleine Café und suchten nach dem zuständigen Mitarbeiter, um uns anzumelden und zu bezahlen. Glücklicherweise fanden wir ihn recht schnell, da er mit seinem grünen Polohemd, welches das Logo der Firma trug, die sich um die Pflege und Nut-

zung des Walds kümmerte, schwer zu übersehen war.
Es war ein freundlicher, kleiner, braunhaariger Mann
Anfang vierzig, der uns herzlich willkommen hieß und
uns ein paar Regeln für den Aufenthalt im Wald erklärte, die ja eigentlich selbstverständlich waren. Wir hatten
sicher nicht vor ein wildes Lagerfeuer zu entzünden
oder tonnenweise Müll dort rumliegen zu lassen. Aber
klar - der Mann musste nun einmal darauf hinweisen.
Danach zeigte er uns den kleinen Pfad, der zu unserem
Schlafdomizil führen würde und versprach uns, uns um
9 Uhr morgens den kleinen Frühstückskorb vorbeizu-
bringen, der zum Angebot gehörte. Dann ließ er uns allein und wir machten uns auf dem Weg zu unserem kleinen Paradies, während hinter uns die Stimmen der anderen Besucher immer leiser wurden.
Aus Kinderlärm und Gesprächen wurden nach und
nach Vogelgezwitscher und Blätterrascheln während uns
die warme Nachmittagssonne in den Nacken schien und
wir jeden Moment ausgiebig genossen. Während Kathrin - die früher jedes Buch über Pflanzen und Tiere
förmlich verschlungen hatte - noch immer zu jeder Blu-
me, zu jedem Pilz und zu jedem Busch etwas Schlaues
zu erzählen wusste, ließ ich einfach die magische Stimmung auf mich wirken.
Der Weg flog nur so dahin und auch wenn laut meines
Handys mehr als eine halbe Stunde vergangen war als
sich endlich die Lichtung mit dem Hochstand vor uns
auftat, kam es mir vor als wären es nur wenige Minuten gewesen.
Kathrin, die schon immer auf gute Aussicht stand, raste
förmlich die Treppe zu unserem Schlafplatz hoch und
ich - die mal wieder das ganze Gepäck schleppen durfte

151

- folgte ihr schwer atmend. Als ich aber endlich in unserem kleinen hölzernen Zuhause angekommen war und von gut zwanzig Metern Höhe die Umgebung betrachtete, fühlte ich mich für die ganze Schlepperei entschädigt.

Zwar bot der Hochstand nicht gerade viel Platz und neben einem winzigen Tisch und zwei Stühlen gab es dort keinerlei Möbel, aber wenn wir Luxus gewollt hätten, hätten wir uns irgendwo ein Hotel genommen. Worauf es wirklich ankam, war die Aussicht. Und davon hatte unser Schlafplatz eine Menge zu bieten. Von hier aus konnten wir einen großen Teil des Walds überblicken: Die Lichtung, die uns umgab. Die Wiese mit den Wildschafen, nur ein paar Hundert Meter von uns entfernt. Das Wildschweingehege und auch die in Nebel gehüllte Moor- und Heidelandschaft. Vor allem aber die endlosen Baumreihen, die sich in alle Richtungen erstreckten wie ein uferloses grünes Meer.

Ein starkes Gefühl von Freiheit breitete sich in mir aus und ein Blick zu Kathrin verriet mir, dass es ihr ähnlich ging. Schweigend genossen wir den Anblick eine gute halbe Stunde lang, bis Kathrins Magenknurren auch mich daran erinnerte, was für einen Hunger ich eigentlich hatte.

Wir packten unser Abendessen aus, das aus Brot, Käse, Obst, Marmelade und einer großen Kanne Tee bestand und redeten beim Essen über unsere Jobs, über unsere Freunde, über Politik, Kinofilme und das Universum im Allgemeinen. Als die Sonne sich langsam zum Schlaf herabsenkte und das Licht sich rötlich färbte, planten wir unsere Nachtwanderung. Angeblich sollten heute besonders viele Glühwürmchen und auch Fledermäuse unterwegs sein, weshalb es eine interessante Nacht zu werden versprach.

Da ich aber noch immer recht fertig von der Woche und nicht mit Kathrins unerschöpflicher Ausdauer gesegnet war, wollte ich mich noch einmal eine Stunde aufs Ohr hauen, während Kathrin schon einmal die Gegend auskundschaftete. Voller Tatendrang stieg sie die Leiter hinab. Ich dagegen stellte mir meinen Wecker und schlief fast augenblicklich ein.

Als ich erwachte fühlte ich mich noch matter als zuvor. Mein Handy und die vollkommene Dunkelheit verrieten mir, dass ich gnadenlos verschlafen hatte. Es war bereits halb Elf. Dennoch war Kathrin nirgendwo zu sehen. Wo war sie nur geblieben? Und warum hatte sie mich nicht geweckt? Ich konnte es mir einfach nicht erklären. Ich hoffe nur, dass ihr nichts Schlimmes passiert war. Nachts allein im Wald umherzuwandern war keine gute Idee. Zwar glaubte ich nicht wirklich, dass Kathrin irgendeinem Mörder oder Vergewaltiger in die Hände gefallen war - für die gab es weitaus lohnendere Gegenden - aber immerhin könnte sie gestolpert und irgendeinen Hang hinabgestürzt sein. Ich musste sie suchen. Leider hatte Kathrin auch die Taschenlampe mitgenommen. Doch zum Glück hatte mein Smartphone ja eine entsprechende App, auch wenn der Akku nicht mehr allzu lange reichen würde. Ich schaltete die App dennoch ein und suchte mit dem Lichtstrahl die Umgebung des Hochstands ab.

Was ich sah ließ mir das Blut in den Adern gefrieren. Dort waren Menschen. Unheimlich viele Menschen. Männer, Frauen und Kinder. Sicher waren es mehr als sechzig Leute. Wo kamen die so plötzlich her? Doch noch weit stärker als die Frage, wo diese Leute herkamen und was sie alle mitten in der Nacht hier zu suchen hatten, beschäftigte mich eine andere: Warum bewegten sie sich nicht?

Sie alle standen dort wie Gestalten aus einem Wachsfigurenkabinett, die irgendein größenwahnsinniger Künstler dort platziert hatte. Dieser Eindruck wurde noch dadurch verstärkt, dass sie nicht einfach nur dastanden, sondern alle aussahen, als wären sie mitten in der Bewegung eingefroren. Viele hatten ihre Beine auf eine Art angewinkelt, die ihnen unmöglich erlauben konnte, einfach so dazustehen. Sie müssten eigentlich umkippen. Aber sie taten es nicht.

Ein Schauer lief mir über den Rücken. Was für eine Freakshow war das? Erst verschwand Kathrin und nun standen dort noch diese seltsamen Gestalten. War das etwa ein schlechter Scherz von ihr? Am liebsten wollte ich das glauben, auch wenn das unserer Freundschaft schweren Schaden zugefügt hätte. Immerhin wusste Kathrin, wie leicht ich zu erschrecken war und dass ich so etwas alles andere als lustig finden würde. Aber auch wenn mir der Gedanke von einem geschmacklosen Scherz angesichts der Alternative sehr verlockend erschien, so machte er doch keinen Sinn. Kathrin konnte unmöglich so viel Geld haben all diese Puppen hier aufstellen zu lassen.

Da ich mich also von dem Gedanken, dass gleich eine schadenfroh lachende Kathrin aus dem Gebüsch hervorkommen und mich mit meiner Angst aufziehen würde, gleich wieder verabschieden konnte, musste ich der Sache wohl oder übel auf den Grund gehen. Und vor allem musste ich Kathrin finden.

Ich stieg also mit einem mehr als unguten Gefühl die Leiter herab, wobei mir jeder knarzende Schritt schwerer fiel als der vorherige. Als ich dann endlich unten angekommen war und das Geräusch der knarrenden Leiter verstummt war, bemerkte ich erst, was für eine unnatürliche Stille über dem Wald lag. Ich konnte nur meinen eigenen Atem hören. Sonst nichts. Langsam ging ich auf die Freakshow zu, die sich auf der Wiese aufgereiht hatte. Natürlich kamen mir gerade jetzt sämtliche Horrorfilme in den Sinn, die ich je gesehen hatte. Am liebsten hätte ich mir ein Loch gegraben und mich dort versteckt. Aber das würde mir auch nicht helfen.

Stattdessen ging ich langsam weiter, bis ich die erste Person - einen eigentlich recht gut aussehenden Mann Mitte zwanzig, der mir unter anderen Umständen sicher gefallen hätte - erreichte. Der Mann hatte sein Knie gehoben und sein rechtes Bein schwebte einfach in der Luft. Seine Augen waren weit aufgerissen und auch sein Mund war leicht geöffnet. Aus der Nähe sah er ganz und gar nicht wie eine Wachsfigur aus. Mit zitternder Hand berührte ich vorsichtig sein, von einem Dreitagebart geziertes, Kinn. Die Wärme, die ich spürte, ließ mich aufschreien. Der Mann war garantiert keine Wachsfigur. Er lebte. Und dennoch rührte er sich nicht. Um ganz sicher zu gehen, berührte ich noch eine ältere Frau und einen Teenager in der Nähe. Auch sie hatten warme menschliche Haut. Von Wachs keine Spur. Mein Abendessen begann in meinem Bauch zu rumoren. Das war doch nicht normal. Ganz und gar nicht.

Plötzlich hörte ich etwas. Ein Rascheln im Gras. Ruckartig drehte ich mich und auch den Strahl meiner Taschenlampe in die Richtung, aus der das Geräusch ge-

kommen war. Dort sah ich ein kleines Mädchen. Es hatte ein weißes altmodisches Kleid, einen schwarzen Zopf und - wenn mich das schwache Mondlicht nicht täuschte - genauso schwarze Augen. Es ging mit abgehackten, roboterhaften Schritten auf mich zu. Sein starrer Blick war genau auf mich gerichtet. Unwillkürlich wich ich ein paar Schritte zurück. Das Mädchen folgte mir unbeirrt und schob sich geschmeidig durch die erstarrten Leiber. Ich wollte reflexartig zum Hochstand fliehen, aber nun kam ein weiteres Mädchen, dass ganz genauso aussah wie das Erste aus, der anderen Richtung auf mich zugelaufen. Sie wollten mir den Weg abschneiden!
Kopflos rannte ich zum einzig verbliebenen Ausweg und lief prompt in etwas Weiches und Raschelndes. Es roch nach Lavendel und altem Stoff. Ich blickte hoch und sah direkt in die pechschwarzen Augen einer uralten und runzligen Frau, in deren geblümtem Kleid ich mich verfangen hatte. Ihr Blick war wie ein riesiger Strudel. Wie ein Kochtopf in dem man Verbitterung, Härte und uralten nie versiegenden Hass zu einem alles verzehrenden und das Leben verneinenden Geist verrührt hatte. Dieser Blick bereitete mir körperliche Schmerzen. Von purem Überlebensinstinkt getrieben und mit einer Geschwindigkeit, die ich nicht für möglich gehalten hätte, flüchtete ich vor ihr und entging so gerade noch der dürren fleckigen Hand, die mich greifen wollte. Ich rannte, so schnell ich konnte und vergaß dabei, dass ich mich mitten in einem Wald befand. So endete meine Flucht bereits nach wenigen Sekunden an einem Baumstamm, gegen den ich schmerzhaft prallte. Als ich die Benommenheit abgeschüttelt hatte und mich umsah, bemerkte ich zu meinem Grauen, dass die ekelhafte Frau

mir bereits auf den Fersen war. Langsam, aber unerbittlich.

In ihrem Schlepptau bewegte sich ein Heer von kleinen Mädchen. Während die alte Frau fast über den Boden zu schweben schien, bewegten sich die Mädchen abgehackt und stockend wie übergroße Insekten in weißen Kleidern. Der Anblick war dermaßen unnatürlich, dass es schmerzte. Starr vor Schreck und mit der Situation total überfordert, wollte ich mich schon in mein Schicksal ergeben. So grauenhaft es auch sein mochte. Dann aber dachte ich an Kathrin. An das Mädchen, mit dem ich Verstecken gespielt hatte. An die Frau, die immer für mich da gewesen war. Ich musste sie finden. Wo auch immer sie war. Ich durfte sie nicht diesen Wesen überlassen!

Dieser Gedanke gab den Ausschlag. Ich kämpfte mich auf die Beine hoch und lief blindlings durch die Bäume, um der alptraumhaften Freakshow hinter mir zu entgehen und hoffentlich irgendwo Kathrin zu finden.

Ich weiß nicht mehr wie lange ich gelaufen bin. Nur, dass meine Lungen brannten, mein Shirt trotz der Wärme der Sommernacht voll kaltem Schweiß war und ich völlig die Orientierung verloren hatte. Ängstlich lauschte ich in die Nacht, ob ich insektenhafte Schritte oder das Rascheln eines geblümten Kleides hören würde. Aber da war nur Stille und das fahle Licht des Halbmondes. Also erlaubte ich mir kurz durchzuatmen und mich zu orientieren. Das wäre in diesem dichten Wald und nach meiner planlosen Flucht schon bei Tag keine leichte Aufgabe gewesen, aber in der Dunkelheit und nur mit dem bisschen Mondlicht und meinem Handy als Lichtquelle, war es so gut wie unmöglich. Ganz besonders, wenn ich darüber nachdachte, was da Draußen lauerte. Die boshafte alte Frau und diese insektenhaften Mädchen mit ihren toten schwarzen Augen hatte ich nicht vergessen. Und das werde ich sicher auch nie. Wie also sollte ich unter diesen Umständen Kathrin finden?

Glücklicherweise hatte das Schicksal in diesem Moment entschieden, mir nicht erneut mit Anlauf in die Fresse zu treten. Im Schein meiner Handy-Beleuchtung erkannte ich, dass ich direkt neben einem der hölzernen Wegweiser stand, die Gästen die Orientierung im Wald erleichtert sollten. Auf dem Schild zu meiner Linken war der Weg zum Eingang ausgeschildert, der mich hin zur rettenden Zivilisation, aber auch fort von Kathrin führen würde. Das andere Schild zeigte geradeaus direkt zur „Moor- und Heidelandschaft". Allein bei diesem Wort lief es mir eiskalt den Rücken herunter. Es erinnerte mich an Irrlichter, an dürre Moorleichen mit fahlen Gesichtern, an Fieber, Mücken, Tod und Verderben. Deshalb hatte ich die Gegend bei früheren Besuchen stets gemieden.

Aber es half ja nichts. Zurück konnte ich nicht gehen, angesichts dessen was dort lauerte, und Kathrin im Stich lassen würde ich auch nicht. Also setzte ich mich in Bewegung.

Bereits als ich wenige Minuten gelaufen war, spürte ich, wie es merklich wärmer wurde. Mein Shirt klebte mir bereits klitschnass am Körper und die Temperaturen hier waren beinahe tropisch geworden. Außerdem verlor der Boden mehr und mehr an Festigkeit, weswegen ich einige Male beinah ausgerutscht wäre. Zusammen mit den fehlenden Geräuschen sorgte das für eine sehr gespenstische Atmosphäre. Mit der Zeit wurde aus dem feuchten Weg regelrechter Schlamm und meine Füße machten bei jedem Schritt ein schmatzendes Geräusch. Lange Zeit war dies das Einzige, was ich hörte. Dann aber vernahm ich den leisen Singsang mehrerer schriller Stimmen. Und den verzweifelten Hilfeschrei von Kathrin. Freude und Angst nahmen mich gleichermaßen gefangen. Ich hatte sie gefunden. Aber leider nicht nur sie. Inmitten des hohen Gesangs konnte ich eine einzelne kratzige Stimme ausmachen. Ich wusste sofort, dass sie der alten Frau gehören musste:

Was im Licht geboren war,
wird ein Teil der dunklen Schar.
Wird sich winden und sich wehren,
doch letztlich sein ein Kind des Leeren.

Ihre Stimme klang zwar alt und schrill, aber in ihren Worten klang etwas Altes, Kraftvolles und Mächtiges mit. Als wenn aus ihr zugleich zwei Wesen sprechen würden. Dabei verstand ich nicht wirklich, was das alles sollte. Ich wusste nur, dass ich Kathrin da rausholen würde. Langsam und mit klopfendem Herzen ging ich auf die Quelle der seltsamen Ritualgesänge zu und spähte vorsichtig durch das Unterholz. Was ich dort sah, raubte mir den Atem:
Kathrin war vollkommen nackt und mit mehren dicken Seilen an einem knorrigen und entwurzelten Baumstamm gekettet, der inmitten der feuchten Moorlandschaft lag. Um Sie herum standen die Insektenmädchen mit starrem Blick und öffneten und schlossen ihre Münder im Gleichtakt, um wortlose Gesänge in einer fremdartigen Tonart von sich zu geben. Die alte Frau aber

hielt eine Art Messer, mit dem sie blutige Linien in Kathrins Haut ritzte. Ihr Blut tropfte als stetiges Rinnsal herab und wurde von dem gierigen Baumstamm aufgesogen. Ihre Schreie durchbrachen von Zeit zu Zeit den Gesang, konnten aber nichts an dem abartigen Tun ändern. Die alte Frau, schritt immer wieder ein paar Meter zurück, um dann erneut vorzupreschen und ihren Dolch in Kathrins Haut zu tauchen. Dabei rief sie immer neue Beschwörungsformeln:

Im Licht der halben Mondesscheib',
ritz' ich ein Lied in deinen Leib.
Auf das der alte Geist vergeht,
ein neues Herz in dir entsteht.

Ich war zugleich abgestoßen und gebannt von diesem Ritual und auch wenn ich Kathrin unbedingt helfen wollte, konnte ich mich nicht rühren. Dafür sah ich nun, wie Kathrins Blut im Mondlicht zu verdampfen begann, als wäre es Wasser auf einer heißen Herdplatte. Kathrin schrie nach ihrem Freund Jan, nach ihren Eltern und was am meisten schmerzte – nach mir. Aber ich konnte ihr nicht helfen. Ich hatte so viel Angst. Warum nur hatte ich so verdammt viel Angst? Die Frau hob erneut ihr Messer und fuhr damit diesmal tief in Kathrins Schenkel:

Die roten Flüsse spülen fort,
jedes Gefühl und jedes Wort.
Bis es dich nackt und klein erkennt
und frisst und beißt und brennt und brennt.

Ich war wie hypnotisiert. Und so bemerkte ich erst, dass mich eine kalte Hand an der Schulter packte, als es bereits zu spät war. Ich drehte mich erschrocken um und sah in das Antlitz eines der unheimlichen Mädchen. Ihr Gesicht war perfekt ebenmäßig. Ihre Augen waren schwarze Löcher und ihr Griff war stärker als der jedes Bodybuilders. Vor allem aber sah ich, wie sich unter ihrem Arm etwas bewegte. So als wären dort mehrere Gelenke verborgen. Mit mechanischen Schritten zog sie mich hinter sich her.

Nun waren wir beide verdammt, dämmerte es mir, als das insektenhafte Mädchen mich direkt zu der alten Frau brachte, deren verdorrte Lippen sich zu einem schwachen Grinsen verzogen:

Auch deine Seele soll sich fügen.
Wir füllen dich mit Leid und Lügen.
Bis du sie alle liebst und glaubst
und deine Menschlichkeit verdaust.

Aus dem Mund der Alten quoll ein dichter rosa Nebel, der übelkeiterregend stark nach Lavendel roch. Als ich ihn einatmete, wurde mir sofort schwindelig und für einen kurzen Moment sah ich die wahre Gestalt der Mädchen und der alten Frau: Eine riesige Gottesanbeterin umringt von zirpenden Käfern in weißen Kleidern. Dieser Anblick sollte mir wohl allen Mut rauben. Aber er erreichte das Gegenteil.

Etwas in mir weigerte sich einfach, sich dieser Macht zu ergeben, die das Leben auf so perverse Art verneinte und verdrehte. Etwas Helles und Starkes, dass ebenso alt wie die Bosheit der Frau und ihrer Käfermädchen war. Angetrieben von dieser Kraft riss ich mich vom hypnotischen Bann der Frau los, riss ihr den Dolch aus den dürren Händen und begann damit Kathrin loszuschneiden. Kathrin erkannte mich kaum, so schwach wie sie war, aber das war mir egal. Ich würde sie notfalls aus diesem Wald schleppen. Endlich gaben die Stricke nach und ich konnte Kathrin von diesem seltsamen Baumaltar herunterziehen. Sie bot einen erbärmlichen Anblick. Ihr ganzer Körper war voller Schnitte, in ihrem Rücken steckten Holzsplitter und der intensive Lavendelduft der Frau klebte wie ein Parasit an ihr. Aber darüber konnte ich mir später Gedanken machen. Jetzt mussten wir Erstmal heraus. Ich wusste nicht, woher ich diese Kraft nahm, aber ich warf mir Kathrin über die Schulter und machte mich daran zu fliehen.

Halb erwartete ich, dass die Mädchen oder die Frau versuchen würden mich aufzuhalten. Immerhin waren sie viel stärker und noch dazu in der Überzahl. Aber sie standen einfach nur regungslos da und beobachteten mich. Sie folgten mir nicht einmal dann, als ich die halb bewusstlose und unzusammenhängend brabbelnde Kathrin aus dem heißen und faulig riechenden Moor herausschleppte.

Der Rückweg war zwar anstrengend - Kathrin wog immerhin auch ihre siebzig Kilo - aber dafür blieben wir unbehelligt. Kein einziges Mitglied dieser höllischen Versammlung folgte uns. Nur die menschlichen Statuen, inklusive des gut aussehenden jungen Manns, standen nach wie vor an ihrem Platz. Sie jagten mir zwar noch immer eine Heidenangst ein, aber nach all dem, was ich mit der bösen Frau und ihren Mädchen erlebt hatte, nahm ich es beinah gelassen.

Mit letzter Kraft schleppte ich Kathrin die Leiter zu unserem Hochstand hoch. Eigentlich wollte ich mit ihr aus dem Wald fliehen, aber ich brauchte einfach Ruhe. Meine Kräfte waren total aufgebraucht und meine Arme und Beine schmerzten fast so schlimm wie mein Rücken, dessen Muskeln nun sicher steinhart waren. Und dabei ging es mir im Gegensatz zu Kathrin noch blendend. Außerdem hatte ich irgendwie das Gefühl, hier oben sicher zu sein. Noch dazu, würde schon bald die Sonne über dem Wald aufgehen. Und wie jedes Kind wusste, konnte das böse in der Sonne nicht bestehen. Ich legte also meinem Arm beschützend um die fiebrige Kathrin, so wie ich es schon als Kind oft gemacht hatte. Dann schlief ich vor Erschöpfung ein.

Ich wurde geweckt von den ersten Sonnenstrahlen. Und von einem lauten Zirpkonzert. Verwirrt erhob ich mich von meinem Schlafplatz auf dem Boden des Hochstands und sah auf die Wiese herunter.

Wo einst die seltsam eingefrorenen Menschen gestanden hatten, türmten sich nun mehrere Dutzend menschengroßer Heuschrecken auf, die mit manischem Blick versuchten in unseren Hochstand zu gelangen. Nein!! Das konnte nicht sein. Die Schrecken der Nacht sollten doch verschwunden sein. So war es doch immer. In allen Geschichten. In allen Filmen. Warum nicht jetzt?

Immerhin konnten die Kreaturen mich hier nicht erreichen. Sie versuchten zwar um jeden Preis zu mir nach oben zu gelangen - Sie krochen übereinander, benutzten die Chitinkörper ihrer Schwarmgenossen als Treppe - aber sie scheiterten immer wieder an dem großen Höhenunterschied.

Fürs Erste ließ ich mich erleichtert auf den warmen Holzboden sinken. Ich musste mir nur überlegen, wie ich von hier weg käme. Erst jetzt fiel mir mein Handy ein. Warum hatte ich nicht früher daran gedacht? Ich könnte Hilfe holen. Die Polizei vielleicht. Oder ich rief bei der Verwaltung des Walds an. Irgendjemand würde sicher kommen und mich retten.

Ich wollte schon die Nummer des Notrufs tippen - wobei mir natürlich bewusst war, wie seltsam es klänge, wenn ich von einem Angriff menschlicher Insekten erzählen würde, aber ich könnte ja auch von einem Vergewaltiger oder Kidnappern erzählen - als ich mich plötzlich fragte, wo Kathrin abgeblieben war.

Ein hohes Zirpen, nah an meinem Ohr, beantwortete mir diese Frage. Kathrins blondes Haar und ihre Haut lagen wie ein abgestreiftes Kleid neben ihrem neuen Körper. Ihre schwarzen Facettenaugen fixierten mich kalt. Sie sprachen nicht mehr von Freundschaft. Nicht mehr von Gnade. Nur noch von Hunger. Als sich ihre Beißwerkzeuge in mein weiches Fleisch versenkten, hörte ich von fern ein letztes Mal die krächzende Stimme der alten Frau und ihren bösartigen Gesang:

Alte Bande werden brechen,
wie jeder Knochen, der dich stützt.
Niemand wird mehr von dir sprechen,
weil kein Licht dich vor uns schützt.

Sepia

Schon fast drei Stunden lang betrachtete ich dieses alte Foto. Es war im Grunde nichts Besonderes. Eine vergilbte Schwarzweißaufnahme, die eine Straßenszene aus den Zwanzigerjahren zeigte. Ein Friseurladen am Rande einer gepflasterten Straße, daneben eine alte Bäckerei in der eine dickliche Frau mit Schürze und blonden Haaren stand – wahrscheinlich die Bäckerin. Ein Mann im Anzug mit Melone und einem prachtvollen Schnurrbart, der auf einem Fahrrad vorbeifuhr. Zwei kleine Kinder in geblümten Kleidern, die sich einen Ball zuwarfen und eine einsame Frau in einem dunklen Kleid mit Bubikopf-Schnitt, einer altmodischen Sonnenbrille und einer Zigarette in der Hand. Etwas weiter im Hintergrund des Bildes war ein Kino zu sehen. Der vom Zahn der Zeit bereits sepiagefärbte Himmel über der Szenerie hatte etwas Fremdartiges und Exotisches. Es war durch und durch faszinierend.

Eigentlich besaß ich keinen Hang zur Nostalgie. Ganz im Gegenteil. Ich war ein riesiger Fan von moderner Technologie, von Robotik, künstlicher Intelligenz, Raumfahrt und jeder Art von technischen Gadgets, die ich nur in die Finger bekommen konnte. Schon in der Schule habe ich Geschichte gehasst. Für mich gibt es in dieser Welt nur eine Richtung, die wirklich zählte: nach vorne.

Und doch löste dieses Bild, das ich irgendwo zwischen den Hinterlassenschaften meiner verstorbenen Großmutter entdeckt hatte, etwas in mir aus. Etwas von dem ich mich einfach nicht lösen konnte, auch wenn mir inzwischen der Magen knurrte.

Unwillkürlich fragte ich mich, wie es sein musste in dieser Welt zu leben. Oder besser gesagt in dieser Zeit. In diesem kurzen goldenen Zeitalter zwischen den beiden großen Katastrophen des zwanzigsten Jahrhunderts. Sicher zum zehnten mal hörte ich mein Smartphone vibrieren. Und doch schenkte ich dem keine Beachtung. Dafür achtete ich auf etwas anderes. Hatte der Mann auf dem Fahrrad mir gerade zugewunken? Hatte die Frau mit dem Bubikopf ihren Kopf in meine Richtung gedreht? Hatte eines der Kinder mich angesehen? Plötzlich glaubte ich den feinen Geruch von frischen Backwaren wahrzunehmen. Dann das schwere Parfum der Frau und den Rauch ihrer Zigarette. Und dann fühlte ich grobes Kopfsteinpflaster unter meinen Füßen. Ohne es zu merken, schloss ich die Augen. Und als ich sie wieder öffnete, war mein Zimmer verschwunden. Stattdessen umgab mich eine sepiafarbene Welt. Kurz vermutete ich, dass ich eingeschlafen war und nun träumte, aber dafür war das hier viel zu real und auch das in solchen Situationen obligatorische Kneifen oder Blinzeln brachte keine Veränderung mit sich. Ich befand mich tatsächlich in dem verfluchten Foto. Die Frage, wie das überhaupt möglich war und – noch viel wichtiger – ob ich es auch wieder verlassen konnte, stellte ich vorerst hintenan. Ich hatte zu viel Angst davor, dass mir die Antwort nicht gefallen würde. Also beschloss ich, zunächst einmal diese fremde Welt zu erkunden. Immerhin bekam man so eine Gelegenheit nicht eben häufig.

„Einen guten Tag, der Herr." rief mir der Mann auf dem Fahrrad zu und hob grüßend seinen Hut, während er geräuschvoll die Kopfsteinpflasterstraße hinunterfuhr. Ich drehte mich in die andere Richtung und sah, wie sich die beiden Kinder ihren Ball zuwarfen. Zum ersten Mal erkannte ich, dass es sich um Zwillinge handeln musste. Bruder und Schwester, so wie es den Anschein hatte. Als die beiden mich bemerkten, fing der Junge den Ball auf und starrte mich aus großen Augen an, statt ihn wieder seiner Schwester zuzuwerfen. Auch sie beobachtete mich genau. Das war ja auch kein Wunder. Ich wusste nicht viel von Geschichte, aber ein roter Kapuzenpulli, weiße Sneakers und eine blaue, zerschlissene Jeans waren sicher nicht unbedingt die Art von Kleidung, deren Anblick man in dieser Zeit gewohnt war.

Und das sahen anscheinend nicht nur die beiden Kinder so. Denn in diesem Moment kam die Frau mit der Sonnenbrille auf mich zu, sah mir tief in die Augen, nahm einen Zug von ihrer Zigarette und blies mir den Rauch ins Gesicht. „Sind sie neu in der Stadt?", fragte sie mich mit einer ebenfalls sehr rauchigen Stimme.

Sie hatte ein hübsches Gesicht, auch wenn bereits erste Falten ihre Spuren darin hinterlassen hatten. Ein Tribut an ihre entbehrungsreiche Zeit. Unter anderen Umständen hätten ihre Reize vielleicht auf mich gewirkt, aber Ihre jungenhafte Frisur und ihre strengen Gesichtszüge machten jede Erotik genauso zunichte wie die Farbe ihrer Haut. Sepia war irgendwie ein ziemlicher Lustkiller. „In der Tat.", sagte ich nebulös. Sie nickte vielsagend und klimperte dabei mit ihren langen Wimpern. „Dann sollten sie unbedingt das Filmtheater besuchen. Nach der Vorführung gebe ich dort noch eine ganz private Vorstellung. Natürlich nur, wenn Sie mögen." Sie schob ihren Rock soweit hoch, dass man ihre Spitzenstrümpfe sehen konnte.

„Nein, Danke. Ein anderes Mal vielleicht." erwiderte ich und drehte mich von ihr weg, um den Rest der unwirklichen Fotolandschaft zur erkunden. „Sie verpassen etwas.", rief sie mir hinterher. Als ich mich im Gehen noch einmal kurz umdrehte, warf sie mir eine Kusshand zu. Dabei bemerkte ich, dass mich die beiden Geschwister noch immer anstarrten. So langsam wurde mir das unangenehm.

Ich entschloss mich, stattdessen der Bäckerei einen Besuch abzustatten. Auch wenn ich mich nun absurderweise in einem alten Foto befand, änderte dies nichts daran, dass ich noch immer Hunger verspürte.

„Guten Tag, mein Herr.", begrüßte mich die mollige Bäckerin, als ich mich ihrem Geschäft näherte. „Wünschen Sie eine kleine Stärkung? Ich habe das saftigste Brot in der ganzen Stadt. Gerade frisch aus dem Ofen." Ich nickte und sagte so freundlich wie möglich „Sehr gerne."

Sie beendete ihre Pause und führte mich in ihr Geschäft. Der Laden war klein und einfach. Die Wände waren mit abgeschabten, dunklen Holzdielen verkleidet, der Boden bestand aus cremefarbenen Fliesen, die mit filigranen Blümchenmustern verziert und an einigen Stellen bereits gesprungen waren. An den Wänden klebten Plakate, die die Filmvorstellungen des Kinos nebenan priesen. „Metropolis", „Die freudlose Gasse" und auch einige Filme mit Charlie Chaplin. Wahrscheinlich alles Stummfilme, wenn mich meine dürftigen Geschichtskenntnisse nicht trogen. Es erklang leise Musik von einem Grammofon in der Ecke. Ein klassisches Stück.

Die Backwaren in der Auslage sahen durchaus schmackhaft aus, auch wenn sie sich in ihrer Vielfalt bei Weitem nicht mit dem Angebot der Bäckereien aus meiner Zeit messen konnten und der Sepiaton die Backwaren weit weniger appetitlich machte. Dennoch zeigte ich auf einen großen und saftigen Laib „Ich nehme dieses dort." Während die Frau den Brotlaib verpackte, glaubte ich kurz eine Bewegung hinter mir wahrzunehmen. Reflexartig drehte ich mich um. Dabei sah ich kurz einen gelblichen, länglichen Schatten vorbeihuschen. Allerdings so kurz, dass ich schon Momente danach glaubte, ihn mir eingebildet zu haben. Trotzdem blieb eine tiefe Angst in mir zurück. „Alles in Ordnung?", fragte die Bäckerin mich besorgt. „Ja, alles ist gut. Ich dachte nur, ich hätte etwas gehört., Die Frau sah mich verständnisvoll an. „Das denken zurzeit viele. Wir alle sind nervös wegen dieser Putschversuche und Unruhen, aber gerade ist zum Glück Ruhe." Sie reichte mir das verpackte Brot. „Das macht 5 Milliarden Reichsmark.", sagte sie. „Was?!", fragte ich und erst jetzt bemerkte ich, dass ich gar kein Geld dabei hatte. Keinen einzigen Euro, geschweige denn irgendwelche Reichsmark. „Ich weiß. Diese Inflation ist ein schreckliches Ärgernis. Aber die Herren Politiker hören nicht auf zu beteuern, dass sie bald vorbei sein wird. Trotzdem kann ich leider nichts an den Preisen ändern." Sie hielt mir die Hand hin und wartete ganz offensichtlich darauf, dass ich ihr das Geld gab. Auch wenn es mir schrecklich unangenehm war, antwortete ich ihr wahrheitsgemäß „Ich habe leider kein Geld."
Plötzlich wurden die Gesichtszüge der Frau zornig.
„Warum verschwenden Sie dann die Zeit einer hart ar-

beitenden Frau? Verschwinden Sie aus meinem Laden Sie Lumpengesindel!" Gleichzeitig sah ich erneut diese gelben Schatten und diesmal war ich sicher sie mir nicht eingebildet zu haben. Sie hatten leuchtende orangerote Augen und eine ungefähr menschliche Statur, auch wenn sie für Menschen extrem dünn waren. Und es waren ungefähr ein Dutzend. Groteskerweise sah ich mit einem Mal, wie sich eines der Geschöpfe an den Rücken der Bäckerin krallte und kurz darauf mit ihr verschmolz. Ihr Gesicht wurde nun noch zorniger und ihre Stimme deutlich tiefer. „Du hättest nie hierherkommen sollen. Nun gehörst du uns!", schrie sie mit einem schrillen Unterton in der Stimme und machte sich daran über die Theke zu klettern.

Irgendwie wusste ich genau, dass etwas Schlimmes passieren würde, wenn sie mich berührte. Adrenalin schoss durch meine Venen und ich rannte, so schnell ich konnte aus dem Laden. Draußen wäre ich fast mit dem Mann auf dem Rad kollidiert. „Einen guten Tag, der Herr" wiederholte er im selben Tonfall wie letztes Mal, zog seinen Hut und fuhr dann einfach weiter. „Bitte, bleiben sie stehen!", flehte ich ihn an, „Ich brauche Hilfe." Aber der Mann reagierte nicht. Dafür sah ich nun, dass die Bäckerin aus ihrem Geschäft gekommen war. Sie wirkte unter der verdammten Sepiasonne wie ein gerade der Hölle entstiegener Dämon.

Da ich keine andere Wahl hatte, rannte ich weiter in die Richtung, in die der Radfahrer verschwunden war. Ich rannte und rannte und achtete auf nichts anderes als auf die Straße vor mir. Zumindest solange, bis ich direkt in die Frau mit dem Bubikopf hineinrannte. Sie stolperte zur Seite und gab ein erschrecktes Stöhnen von sich.

„Entschuldigung.", sagte ich. Aber die Frau schien nicht wütend zu sein. „Sie sind mir aber ein stürmischer Mann.", erwiderte sie nur.

Weit mehr als ihre Worte beschäftigte mich aber die Tatsache, dass ich in sie hineingerannt war. Denn da sie links von der Bäckerei gestanden hatte und ich dem Fahrradfahrer nach recht gefolgt war ließ das nur einen einzigen Schluss zu: Ich war im Kreis gelaufen. Und das auf einer geraden Strecke. In diesem Moment fuhr erneut der Fahrradfahrer an mir vorbei und bestätigte meine beunruhigende Theorie. „Einen guten Tag, der Herr.", sagte er zum dritten Mal in exakt dem gleichen Tonfall wie zuvor und zog wieder seinen Hut.

Dieser Ort war eine verdammte Endlosschleife. Eine alptraumhafte Endlosschleife unter einem sepiafarbenen Himmel. Mit einem Mal wünschte ich mir nichts anderes mehr als hier zu verschwinden. Wieder in meinem langweiligen, modernen Zimmer aufzuwachen und alles zu verbrennen, was in irgendeiner Form mit dem letzten Jahrhundert oder irgendeiner anderen geschichtlichen Epoche zu tun hatte. Ich dachte mit aller Kraft daran, stellte mir mein Zimmer in allen Details vor, versuchte den Stoff des Sofas an meinem Hintern zu spüren. Irgendwie war ich hierhin gelangt. Ich musste also auch wieder herauskommen können.

Plötzlich unterbrach mich die Stimme der Bubikopffrau. „Ich glaube, die Dame dort will etwas von Ihnen. Sie scheint ziemlich ungehalten."

Tatsächlich kam die Bäckerin langsam auf mich zugelaufen. Ihr Gesicht war noch immer eine schreckliche Maske des Zorns, sie hatte ein langes Brotmesser in der Hand und die anderen gelben Schattenwesen folgten ihr wie ein unheiliges Wolfsrudel. Seltsamerweise eilte ihr der Geruch von altem, vergilbtem Papier voraus. Ein Geruch, der mir aus irgendeinem Grund sogar Übelkeit bereitete. Sie durften mich nicht berühren. Weder die Frau noch die Schattenwesen. Ich mochte nicht viel wissen, aber das wusste ich genau. Wenn ich in Kontakt mit diesen dicken, mehlbestäubten Fingern oder den Konturen dieser gelben Schatten kommen würde, gäbe es kein Zurück mehr.

Plötzlich kam mir glücklicherweise eine Idee. Das Kino. Kinos waren das Tor zu einer anderen Welt. Eine Fluchtmöglichkeit heraus aus der Realität und hinein in eine Welt der Bilder. Wäre es da nicht logisch, wenn es – wenn man sich erst einmal in einem Bild befand – auch umgekehrt funktionierte?

Ich wandte mich an die Frau, die mir zuvor ja schon ein recht eindeutiges Angebot gemacht hatte. „Sie haben mich doch vorhin zu ihrer Vorstellung eingeladen." begann ich in möglichst höflichem Ton, während die Bäckerin und ihre geisterhaften Begleiter ihre Distanz zu mir stetig verringerten. „Könnten Sie mir vielleicht jetzt schon eine kleine Kostprobe geben? Sie haben doch sicher Zutritt über einen Hinterausgang oder so etwas in der Art."

Die Frau sah mich zugleich empört, aber auch interessiert an. „Sie ungehobelter Spitzbube.", erwiderte sie mit spielerischem Spott. „Sie können es wohl gar nicht erwarten. So eine Ungeduld steht einem Gentleman nicht gut zu Gesicht." Sie schien einen Moment lang nachzudenken, während die Bäckerin nur noch ein paar Meter von mir entfernt war. Ihre Augen leuchteten orangerot und ich sah mit Schrecken, wie zwei der Schatten auch von den beiden Kindern Besitz ergriffen, deren Augen denselben Farbton annahmen. Auch sie bewegten sich nun auf mich zu.

Trotz meiner Angst verkniff ich es mir, die Frau zu drängen. Mein Gespür sagte mir, dass ich sie damit nur gegen mich aufbringen würde und ich brauchte sie unbedingt um in das Kino zu kommen. Ohne Geld würde man mich dort wohl kaum durch den Vordereingang gehen lassen. Trotzdem hoffte ich, dass sie sich beeilen würde. Denn sobald sie einer der Schatten erreichte, wäre es sicher zu spät. Endlich aber war ihre Entscheidung gefallen. „Also gut, hübscher Mann.", antwortete sie. „Folgen Sie mir!"

Erleichtert folgte ich ihr zum Hinterausgang des Gebäudes. Vorerst ließen wir meine Verfolger hinter uns. Wenn auch nur, weil sie sich sehr langsam bewegten. Warum das so war, wusste ich nicht. Aber ich kann nicht behaupten, dass ich unglücklich darüber war.

Mit ruhiger Gelassenheit schloss die Frau die Hintertür des Gebäudes auf, eine zerschlissene Holztür, die mitten in die Ziegelmauer eingelassen war und auf der noch Plakatreste von verschiedenen Veranstaltungen zu sehen war. Sie schien keine Angst vor diesen Wesen zu haben. Oder aber sie nahm sie einfach nicht wahr. „Ich heiße übrigens Helene.", sagte sie zu mir als sie den Schlüssel ins Schloss steckte. „Angenehm.", erwiderte ich unruhig. „Mein Name ist Christian."

Endlich öffnete sich die Tür knarrend und wir traten beide herein. Der hintere Teil des Gebäudes wurde von nackten Glühbirnen erleuchtet, deren Licht – wie jedes andere Licht hier – die Farbe von Sepia hatte. Es roch nach Staub und Feuchtigkeit und ich fühlte mich hier kein bisschen wohler als Draußen. „Kannst du die Tür von Innen abschließen, Helene?" Zu meiner Erleichterung nickte sie und schloss die Tür tatsächlich ab. Ich hatte keine Ahnung, ob das die Schatten vom Eindringen abhalten würde. Aber man durfte ja noch hoffen. „Ein bisschen Privatsphäre kann ja nicht schaden.", sagte Helene mit lasziver Stimme. „Dennoch wird es Zeit, dass wir mit der Kostprobe beginnen."

Eigentlich war es mir unangenehm eine Wildfremde einen erotischen Tanz oder einen Striptease oder sonst etwas in der Art aufführen zu lassen. Ganz besonders, wenn ich sie nicht einmal bezahlen konnte. Aber das konnte ich ihr kaum sagen, jetzt wo ich hier vorerst einigermaßen in Sicherheit war. Außerdem mochte es ja durchaus eine interessante Erfahrung werden, an die ich mich noch lange erinnern würde – vorausgesetzt ich kam hier wieder lebend raus.

So oder so brauchte ich danach eine gute Ausrede um mich ins Kino zu schleichen und meine Theorie zu überprüfen. Da mir aber gerade einfach nichts überzeugendes einfallen wollte, sah ich stattdessen noch einmal nervös zur Tür und lauschte angestrengt nach verdächtigen Geräuschen. Aber weder materialisierten sich die gelben Schatten aus der Wand, noch hörte ich die Schritte ihrer lebenden Marionetten oder sonst irgendeinen Laut. Ich versuchte mich zu entspannen und sah wieder zu Helene herüber.

Sie hatte ihre Sonnenbrille abgelegt. In ihren Augen brannte orangerotes Feuer. „Ich hoffe, dir gefällt, was du siehst.", sagte sie mit einer infernalisch düsteren Stimme und lachte dabei bösartig.

Ohne noch einen Moment länger zu warten, rannte ich

los und öffnete die nächstbeste Tür, die ich fand. Wie durch ein Wunder führte sie mich genau dorthin wo ich hinwollte: in den Vorführungsraum.

Was ich dort sah, ließ mich vor Freude weinen. Ich hatte recht gehabt. Ich sah mein Arbeitszimmer in jeder Einzelheit vor mir. Meine Couch, meinen Schreibtisch mit dem Laptop und meinem Handy, meinen Kleiderschrank, meinen Teppich, einfach alles. Und noch dazu nicht in verdammten Sepia, sondern in den knalligen Farben, in denen ich meine Wohnung eingerichtet hatte. Das musste der Weg nach Hause sein. Es musste einfach so sein.

Wie die Kinder in Harry Potter, rannte ich so schnell mich meine Beine trugen auf die Leinwand zu. Ich achtete nicht auf die Umgebung, nicht auf die düstere Stimme von Helene, sondern nur auf die Fläche die mein Tor in eine andere Welt sein würde. In meine Welt.

Aber dieses Tor gab es nicht. Statt einen magischen Übergang in mein Zuhause zu beschreiten, schlug ich mir nur die Nase blutig als ich mit hohem Tempo mit der Leinwand und der Mauer dahinter kollidierte. Doch schlimmer noch als mein zerbrochener Nasenknorpel schmerzte die zerschmetterte Hoffnung. Benommen drehte ich mich um und sah Helene vor mir, die mich mit ihren orangenen Augen ansah. Sie warf mir eine Kusshand zu, während sie mich schadenfroh angrinste. Hinter ihr erblickte ich die gepolsterten Sitzreihen des Kinos. Sie waren gefüllt mit Zuschauern. Männern, Frauen und Kindern mit sepiafarbener Haut und orangeroten Augen. Und auf den leeren Sitzen saßen die körperlosen, gelben Schatten und grinsten mich an. Helene kam mit tänzerischen Bewegungen näher, wobei ich wieder den starken Geruch nach vergilbten Papier bemerkte. Einige der Zuschauer waren inzwischen aufgestanden und hatten alle Ein- und Ausgänge blockiert. „Es gibt keinen Weg hinaus." grollte das schattenhafte Höllenwesen, das Helenes Körper steuerte. „Es gibt nur einen Weg hinein." Sie streckte ihren Arm aus und kurz bevor Helenes Hand mich berühren und mich auf ewig zu einem Gefangenen dieses Bildes und zu einem Spielzeug der gelben Schatten machen würde, dachte ich nur daran, wie sehr ich die Vergangenheit verabscheute.

Der Weg zur Wahrheit

„Der Weg zur Wahrheit" stand in großen, weißen Lettern auf dem schwarzen Einband des Buches. Die Schrift war verschnörkelt und sah sehr alt aus. Ein bisschen erinnerte sie mich an den Geschichtsunterricht und diese unsäglichen Hetzschriften aus den 20er und 30er Jahren des letzten Jahrhunderts.

Ich fragte mich, wer dieses Buch einfach in der Bahn liegengelassen hatte; Irgendein ewiggestriger, rechter Spinner oder einfach nur ein verschrobener Sammler historischer Artefakte? Ich hatte keine Ahnung. Jedenfalls sah das Buch viel zu wertvoll aus, als dass man es einfach so wegwerfen könnte und ich schwor mir still, den Schinken im nächsten Fundbüro abzugeben, sobald in den Bahnhof erreicht hatte. Sicher würde sich der Besitzer dafür erkenntlich zeigen und selbst wenn nicht, schien es mir einfach das Richtige zu sein. Allerdings musste ich schon zugeben, dass ich neugierig wegen des Inhalts war.

OK, wahrscheinlich standen darin im besten Fall nur irgendwelche unverständlichen, philosophischen Phrasen und im schlimmsten Fall ausländerfeindliche Hasstiraden, aber ich hatte noch eine ganze Dreiviertelstunde Fahrt vor mir, mein Handy war leer und auch sonst war nirgendwo eine bessere Ablenkung in Sicht.

Also griff ich mir das Buch und betrachtete es näher: Der Einband war aus dickem, schweren Leder gefertigt und roch ein wenig muffig. Die Seiten sahen – zumindest von Außen betrachtet – vergilbt, aber nicht zerrissen oder vergammelt aus. Ein wenig hatte ich sogar das Gefühl, dass das Buch Wärme abgeben würde. Ein ei-

gentlich absurder Gedanke und doch hielt sich dieser
Eindruck bei mir hartnäckig.

Einen Moment lang zögerte ich noch den schweren
Band aufzuklappen und mit der Lektüre zu beginnen,
beinah so, als würde mich irgendeine innere Stimme
davor warnen. Dann aber siegten Neugierde und Lange-
weile und ich öffnete den mysteriösen Wälzer mit spitzen Fingern, um mögliche Schäden zu verhindern.

Der Anblick, der mich erwartete, war enttäuschend.
Zwar gab es das obligatorische, raschelnde Geräusch
von trockenem Papier und mir stieg der staubige Geruch alter Bücher entgegen, doch ansonsten hatte das
Buch keinerlei Inhalt. Nichts! Das konnte doch eigentlich gar nicht sein!?

Sorgfältig blätterte ich den Wälzer Seite für Seite durch
und endlich fand ich doch etwas. Allerdings keinen
Text. Das Einzige, was auf einer der Seiten zu sehen
war, waren zwei gezeichnete Augen. Sie befanden sich
jeweils auf der linken und rechten Seite, ziemlich genau
in der Mitte des Buches. Eines davon war geschlossen
und das Andere weit geöffnet. Als ich das geöffnete
Auge näher betrachtete, merkte ich, dass mich sein Blick
verfolgte.

Erst dachte ich, dass ich einfach nur übermüdet war,
aber selbst durch mehrmaliges Blinzeln ließ sich der unheimliche Eindruck nicht verscheuchen. Der Augapfel
folgte eindeutig jeder meiner Bewegungen und blickte
mich in jedem einzelnen Moment durchdringend an.

Der Blick des Auges – ganz gleich, ob nur gezeichnet
oder nicht – bereitete mir Unbehagen und ich versuchte
das Buch reflexartig zuzuklappen, aber genau in diesem
Moment flog mir das Auge förmlich entgegen. Wie ein

winziger Geist aus Druckerschwärze löste er sich einfach vom Papier und ich spürte, wie er sich über mein eigenes, rechtes Auge legte. Ich weiß, das klingt albern, aber genauso war es! Ich wusste einfach, dass sich dieses Auge nun in mir befand. Und selbst wenn ich daran gezweifelt hätte, hätte ich nur einen Blick in das Buch werfen müssen. Denn von dort war das eigenartige Auge verschwunden.

Verblüfft und auch ziemlich beunruhigt warf ich das Buch wieder auf den Sitz neben mir und atmete erst einmal tief durch. Ich hatte keine Ahnung, was dieses seltsame Ereignis zu bedeuten hatte. Wahrscheinlich nichts Gutes. Trotzdem konnte ich zumindest verhindern, dass ich in blinde Panik verfiel, was ich rückblickend noch immer ein wenig verwunderte. Andererseits hätte es mir wohl auch nichts gebracht, schreiend aus dem Zug zu rennen und ein Teil von mir redete mir wohl auch halbwegs erfolgreich ein, dass ich mir das alles nur eingebildet hatte. Wie dem auch sei: Irgendwann schlief ich – allen Ängsten zum Trotz – einfach ein.

Ich erwachte von einer Berührung an meiner Schulter. Vor mir stand ein Mann in der Uniform eines Fahrkartenkontrolleurs. Aber er machte nicht den Eindruck meine Fahrkarte sehen zu wollen. Stattdessen schlug er vor meinen Augen brutal auf eine zierliche Frau ein, die verängstigt neben ihm stand und aus deren aufgeplatzter Lippe bereits das Blut troff.

Erschüttert und entschlossen diesem Treiben Einhalt zu gebieten, bat ich die anderen Fahrgäste laut um Unterstützung, aber sie sahen alle nur peinlich berührt weg, warfen wir zweifelnde Blicke zu oder schüttelten die Köpfe. Wie konnte man nur so abgestumpft sein?

Wieder holte der Mann aus und verpasste der armen Frau ein blaues Auge. Zitternd wich sie zurück. Ich konnte dem nicht länger tatenlos zusehen. Wenn es die anderen Fahrgäste nicht interessierte, musste eben ich der Frau helfen. Ich stieß mich ruckartig vom meinem Sitz ab und rammte den brutalen Kontrolleur zu Boden, wo er vorerst benommen liegen blieb. Absurderweise schien ich nun doch das Interesse der anderen Fahrgäste geweckt zu haben. Einige zückten ihre Handys – wohl um die Polizei zu rufen. Ich schaute mich nach der geprügelten Frau um …, aber da war niemand. Dort war nichts als leere Luft und ein wütender Kontrolleur, der fluchend wieder auf die Beine kam. Sein Gesicht war gerötet, seine Augen brannten vor Zorn. „Haben Sie den Verstand verloren! Das wird Konsequenzen haben. Die Polizei ist bald hier und dann werden sie wegen Körperverletzungen angezeigt. Genug Zeugen gibt es ja!"
Ich hatte keine Ahnung, was all das sollte – immerhin war ich mir sicher, mir die Frau und die brutalen Schläge nicht eingebildet zu haben – aber mir war klar, dass ich keine Lust hatte im Gefängnis zu landen oder mich auch nur für eine Tat zu rechtfertigen, die ich nicht absichtlich begangen hatte. Blitzschnell setzte ich deshalb über den Mann hinweg und rannte in Richtung Tür. Zu meinem großen Glück waren wir kurz zuvor an meinem Zielbahnhof angekommen und noch hatte niemand die Türen blockiert. Zwar riefen einige der Fahrgäste „Stehenbleiben!" und der ein oder andere versuchte mich festzuhalten, aber ich schaffte es dennoch knapp die Tür zu öffnen und zu entwischen.
Ich machte mir keine Illusionen – die Polizei würde mir sicher auf den Fersen sein aber ich musste einfach ver-

suchen zu entkommen. Immerhin hatte ich ja nur einer Unschuldigen helfen und ihren Peiniger stoppen wollen. Auch wenn – wie ich jetzt begriff – die anderen Gäste wohl nur gesehen hatten, wie ich ohne jeden Anlass den Kontrolleur umgeworfen und verprügelt hatte. Wohin aber war die Frau verschwunden?

Ich verschob diese Überlegung auf später und konzentrierte mich darauf, aus dem Bahnhof herauszukommen und in die Fußgängerzone zu flüchten. Draußen war bereits seit längerem die Nacht hereingebrochen und es waren nicht mehr allzu viele Leute unterwegs. Statt mich also in die – nicht eben nennenswerte – Menge zu mischen, suchte ich mir schnellstmöglich eine Seitengasse. Dabei drosselte ich mein Tempo, um durch übertriebene Eile nicht noch verdächtiger zu wirken.

Als ich endlich einen passenden Ort gefunden hatte, kam ich mit rasselndem Atem zum Stehen und lehnte mich erschöpft gegen die Wand. Ich hatte mörderisches Seitenstechen und war vom Schweiß klitschnass, obwohl draußen herbstliche Kühle herrschte und ein leichter Regen auf den Asphalt prasselte. Da ich im Moment weder wusste, wohin ich gehen sollte, um der Polizei zu entgehen, noch aktuell in der Lage war irgendwo hinzugehen, beobachtete ich die Hauptstraße. Zum Glück zeigte sich dort kein Polizist und auch Sirenen konnte ich nirgendwo hören. Dafür sah ich etwas anderes.

Mitten in einer Gruppe Jugendlicher erblickte ich ein abscheuliches echsenartiges Wesen. Es hatte riesige schwarze Augen, die wie noch schwärzere Löcher, durch die ohnehin dunkle Nacht schwebten und nur durch die Straßenlaterne angestrahlt wurden. Der Körper des Echsenmenschen war muskulös und schuppig und aus seinem Kopf züngelte eine lange gespaltene Reptilienzunge hervor. Das Schlimmste aber war: Einer der Jungen aus der Gruppe, ein blonder Typ in einem roten Hoodie, der wohl irgendwas zwischen 17 und 19 Jahre alt sein mochte, gab dem Geschöpf einen Kuss. Dabei versenkte sich dessen Reptilienzunge tief im Mund des Jungen und die schwarzen Augen glänzen erregt. Die anderen Jugendlichen – zwei weitere Jungs und ein Mädchen – schienen sich an der grotesken Szenerie nicht weiter zu stören, sondern liefen vergnügt quatschend weiter.

Ich blinzelte. Ich schloss die Augen. Ich kniff mir schmerzhaft und beherzt in den Arm und doch tat das Echsenwesen mir nicht den Gefallen, einfach wieder zu verschwinden oder sich in einen ganz normalen Menschen zu verwandeln. Jedenfalls so lange nicht, bis die Gruppe um die Ecke bog und aus meinem Blickfeld geriet.

Als wäre das nicht genug, fiel mein Blick nun auf einen betrunkenen Mann, der sich an einer der Straßenlaternen erleichterte. Er lallte unverständliches Zeug vor sich hin, fluchte gelegentlich laut und wirkte trotzdem noch überraschend normal und gesittet, wenn man bedachte, was sich an seinem Hinterkopf befand. Zwar konnte ich es auf die Entfernung nur schemenhaft erkennen, aber was ich sah, reichte durchaus aus, um Angst und Ekel in mir aufkommen zu lassen.

Auf dem Kopf des Mannes hatte sich eine Art Parasit festgesaugt. Er wirkte wie eine Mischung aus einem extrem deformierten Gehirn und einem lebendig gewordenen Geschwür, nur dass das Ding ein großes wässriges Auge besaß, mit dem es mich eindeutig ansah. Sein

182

schwammiger Körper pulsierte regelmäßig, als würde es das Leben oder das Bewusstsein von dem bedauernswerten Mann absaugen.

Eigentlich gab es so langsam nur noch zwei Erklärungen für diesen abgefuckten Mist. Entweder ich befand mich auf einer umgebremsten Fahrt in die finstersten Tiefen des Irrenhauses oder dieses seltsame Buch hatte etwas mit meinem Kopf angestellt.

Ganz gleich, welches Szenario nun der Wahrheit entsprach: Irgendwie sah ich inzwischen Dinge, die mir bisher verborgen geblieben waren und wenn man den Titel des eigenartigen Buches betrachtete – „Der Weg zur Wahrheit" – machte das auch Sinn. Probeweise schloss ich das Auge, welches von dem gemalten Auge aus dem Buch berührt worden war. Und tatsächlich sah ich nun nur noch einen ganz normalen besoffenen Penner an der Laterne lehnen. Ohne jeglichen Parasiten. Ohne Monstrosität an seinem Hinterkopf. Wenn ich aber das rechte Auge wieder öffnete, war das eklige Ding am Kopf des Mannes wieder da.

In was war ich da nur hineingeraten? Zeigte der Wälzer mir wirklich verborgene Wahrheiten oder verwirrte er nur meinen Verstand und verschaffte mir Halluzinationen? Diese Frage würde ich aber hier und jetzt nicht so einfach lösen können und als ich dann plötzlich doch von fern Polizeisirenen hörte, wusste ich, dass jetzt auch keine Zeit dafür war darüber nachzugrübeln. Ich musste weiter, wenn ich nicht ein paar sehr unangenehme Fragen beantworten wollte.

Also ging ich in aus der Seitengasse hinaus und wieder auf die Hauptstraße in Richtung der nächsten U-Bahn-Station. Ich musste es einfach nur nach Hause schaffen.

Niemand hatte meine Personalien aufnehmen können und wegen einer blöden Rempelei würden sie wohl kaum eine Rasterfahndung starten. Während ich auf die Hauptstraße wechselte, hielt ich sorgfältig Abstand zu dem betrunkenen Mann und dem Parasiten, der sich an seinem Kopf festgesaugt hatte und der mich unablässig mit seinem unförmigen weißen Auge beobachtete.

Die U-Bahn-Station war zum Glück nicht allzu weit entfernt und als dann auch noch nach nur zwei Minuten die U-Bahn einfuhr, löste sich ein Seufzer der Erleichterung aus meiner Kehle. Niemand stieg aus der U-Bahn aus, also drückte ich auf den Türöffner und stieg ein.

Als ich mich das erste Mal aufmerksam in der U-Bahn umsah, wünschte ich mir aber schon, ich wäre nicht eingestiegen. Doch leider hatten sich da die Türen bereits geschlossen und die U-Bahn hatte sich in Bewegung gesetzt. Ich war in der Hölle gelandet.

Jedenfalls hätte diese Versammlung von Abscheulichkeiten gut in jede biblische Darstellung des ewigen Infernos gepasst. Ich sah vor mir Kreaturen mit Insektenköpfen und klackenden Mandibeln, ich sah Geschöpfe aus Schleim und ekelhaften Sekreten, Ich sah ein Wesen, das ganz dünn war mit fahler Haut und strähnigen Haaren und von dem ein abscheulicher Gestank ausging. Ich sah hundeartige Wesen ohne Fell, aber dafür ganz mit eitriger knotiger Haut bedeckt. Und im Mittelpunkt dieses dämonischen Klassentreffens war ein riesiges aufgeblähtes Geschöpf, welches sicher die gesamte Breite der U-Bahn einnahm und dessen aufgedunsener bleicher Leib sich in ekelerregenden Kaskaden über die Sitze ergoss. Aus dem Unterleib dieser Kreatur krochen fast im Sekundentakt neue winzige Geschöpfe, die nicht minder verabscheuungswürdig waren als ihre Erschafferin. Dünn, ohne Beine, aber dafür mit kleinen und krallenbewehrten Händen. Einige von ihnen starben bereits nach kurzer Zeit. Andere krochen in die Menschen und die anderen Ungeheuer um sich herum hinein, schoben sich in ihre Münder, Ohren, Nasen oder sonstige Körperöffnungen. Zu welchem Zweck konnte ich nur erahnen. Seltsamerweise schienen sie es auf mich nicht abgesehen zu haben, auch wenn sie an mir schnüffelten, mich aus halbblinden Augen ansahen und sogar das ein oder andere mal mit ihren verkümmerten Krallen berührten.

Es war beinah, als würde mir das Buch Schutz gewähren. Schutz vor allem außer der Wahrheit. Und vielleicht war diese Wahrheit sogar schlimmer, als alles was den unwissenden Opfern um mich herum widerfuhr. Sie ahnten nichts von all dem und schrieben ihre Krankheiten, Schicksale und Missgeschicke falschen Entscheidungen, schlechter Ernährung oder einfach dem Pech zu, obwohl wahrscheinlich häufig genug all diese widerlichen Wesen dafür verantwortlich waren. Aber sie ahnten nichts davon und darin lag auch ein gewisser Frieden. Ich für meinen Teil konnte diesen Frieden nur wiedererlangen, wenn ich mein rechtes Auge schloss oder verdeckte. Dann wurde aus der grausamen Mutter der Ungeheuer wieder eine nicht direkt sympathische aber doch durch und durch menschliche, leicht korpulente Frau Mitte vierzig. Und auch die anderen Scheusale wurden wieder zu ganz gewöhnlichen Mitmenschen. Aber das Wissen um die Wahrheit blieb und ließ sich nicht so einfach von einer dünnen Haut und ein paar Wimpern verdecken.

Fast noch schlimmer als die wimmelnden, abscheulichen Kreaturen in der U-Bahn aber, waren diejenigen, die nach wie vor menschlich aussahen. Denn von ihnen sah ich offensichtlich ihre dunkelsten Geheimnisse und Gräueltaten. Ich sah unbeschreibliche sexuelle Praktiken. Ich sah Menschen, die auf andere einschlugen oder traten oder sie sogar ermordeten. Ich sah Vergewaltiger, Tierquäler und Psychopathen wohin meine Augen blickten und wenn ich mein rechtes Auge schloss, waren es plötzlich wieder ganz normale Menschen, die als Passanten keine nennenswerte Aufmerksamkeit erregt hätten. Natürlich gab es nicht nur nichtmenschliche und menschliche Monster. Einige waren bei harmloseren Verfehlungen zu sehen. Kleine Diebstähle, Seitensprünge, Drogenkonsum, etc. und einige wenige schienen überhaupt noch nichts Nennenswertes angestellt zu haben. Trotzdem war die Zahl der Abscheulichkeiten und Psychopathen erschreckend. Sie machte sicher die Hälfte der scheinbar normalen Menschen aus, wenn man die Leute in dieser U-Bahn als Maßstab für die Gesamtgesellschaft nahm.

Den Rest der Fahrt über schloss ich die Augen, um nicht vollends den Verstand zu verlieren und wieder jemanden anzufallen. Seltsamerweise halfen die geschlossenen Augen auch gegen die monströsen Geräusche und abartigen Gerüche, die die Wesen absonderten. Trotzdem wusste ich in jedem einzelnen Moment, was sich wirklich um mich herum befand und immer wenn mich ein Arm, ein Rücken oder eine Hand versehentlich berührte, musste ich einen Schrei des Ekels unterdrücken. Des Ekels vor den Körpern meiner Mitfahrer, aber noch viel mehr vor ihren Seelen.

Irgendwann kündigte die automatische Durchsage an, dass wir meine Heimathaltestelle erreicht hatten. Von dort aus würde ich nur noch wenige Minuten bis zu mir nach Hause laufen müssen. Ich achtete sorgsam darauf, die Augen erst zu öffnen, als der Zug zum Stehen kam und stieg dann schnell und ohne mich umzudrehen an der Haltestelle aus. Leider stieg genau in diesem Moment ein anderer Fahrgast in die U-Bahn ein. Ein groteskes humanoides Krebswesen mit acht Stielaugen und einem bösartigen Blick, der mir verriet, welche Lust es darauf hatte, mich mit seinen Scherenhänden zu zerfetzen. Dank meines unerklärlich übernatürlichen Schutzes, ließ es mich aber ziehen.

Auf dem Weg nach Hause hielt ich den Blick auf den Boden gerichtet, wodurch ich wenigstens keine weiteren Menschen sehen musste. Ich hörte nur ab und an ein insektenhaftes Zirpen in dem erschreckenderweise menschliche Worte mitschwangen oder ein tiefes dämonisches Grunzen. Einmal sah ich auch ein katzenartiges Wesen, das acht Beine und einen Skorpionschwanz besaß und das eine feurige Spur auf dem Asphalt hinterließ. Zum Glück verschwand es schnell im nächsten Gebüsch. Vielleicht, um eine Maus zu jagen, deren wahre Gestalt ich mir lieber nicht vorstellen wollte.

Zum Glück kannte ich den Weg wirklich in- und auswendig, weswegen ich zuletzt beide Augen schloss und hoffte in keinen Unfall verwickelt zu werden. Mehr Angst als vor Unfällen oder vor den Kreaturen hatte ich aber vor meiner eigenen Frau. Besser gesagt, vor ihrer wahren Gestalt.

Ich hatte das schöne und gütige Gesicht von Sabrina stets jeden Tag vor Augen und es war aktuell so ziemlich das einzige, was mich davon abhielt vollkommen durchzudrehen. Ich beschloss, gar nicht wissen zu wollen, wie sie in Wahrheit aussah. Ich wollte einfach nur von ihr gehalten werden und die schrecklichen Erlebnisse und Bilder vergessen. Selbst wenn sie ein dreiköpfiger Troll mit Tentakeln und einem Unterleib aus Gift-spuckenden Geschwüren sein sollte, so wollte ich das nicht erfahren. Sogar dann, wenn sie bereits zwanzig eiskalte Morde begangen hatte und jeden Freitagnachmittag einen Welpen erwürgte, so war mir das egal. Ich sehnte mich einfach nur nach Unwissenheit.

Mein Entschluss stand fest. Ich würde mir eine Augenbinde anlegen und was von einer Augenentzündung erzählen. Notfalls würde ich mich auch selbst auf dem verfluchten Auge blenden, wenn es nicht anders ginge. Ich hatte schon genug von dieser Wahrheit gesehen und konnte sehr gut darauf verzichten. Mit einem Auge würde ich durchaus leben können. Mit dieser Realität nicht. Irgendwann würde ich vielleicht auch das verdrängen können, was ich bereits wusste. Es gab doch auch solche Hypnosetherapeuten. Vielleicht konnte einer von denen mein Gehirn von dieser Last befreien. Und wenn nicht, würde ich mir einfach die Gehirnzellen mit Alkohol oder Drogen zunebeln, bis ich nicht mal mehr den Namen meiner Mutter wusste. Hauptsache die verdammte Wahrheit verschwand im Nirwana.

Endlich war ich an meiner Haustür angekommen. Langsam drehte ich meinen Schlüssel im Schloss herum und drückte behutsam den Griff herunter und die Tür auf. Mit etwas Glück schlief Sabrina bereits und ich würde sie nicht zu Gesicht bekommen, bis ich mein Auge verdeckt hatte. Vorsichtig schlich ich in unser Schlafzim-

mer und öffnete die Schublade mit den Stofftaschentü-
chern. Ich hörte dabei Sabrina leise atmen. Irrte ich
mich oder klang ihr Atem ungewöhnlich tief und ras-
selnd? Ich versuchte nicht weiter darauf zu achten und
betete, dass sie nicht erwachen würde. Endlich hatte ich
ein Taschentuch in der passenden Größe gefunden. Ich
ging ins Bad, um es mir um mein verfluchtes Auge zu
wickeln und schaltete das Licht ein. „Karsten?!" hörte
ich fast gleichzeitig eine blubbernde, schrille Stimme aus
dem Schlafzimmer rufen, die nur sehr entfernt an Sabrina erinnerte, aber wahrscheinlich dennoch ihr gehörte.
Ich beschloss, mich mit der Augenbinde zu beeilen. Dafür sah ich zum ersten Mal seit dem Vorfall mit dem
Buch in den Spiegel. Was ich dort erblickte, war sogar
noch schlimmer als alles was ich ohnehin schon erleben
musste. Im Spiegel blickte mich nicht etwa eine monströse Kreatur an. Nein. Dass, was ich dort im Spiegel
sah, war ein schwarzer Fleck. Ein dunkler gestaltloser
Schatten. Ein Abdruck aus Stoff gewordener Leere.
Und ich wusste, was das bedeutete. Der wahre Kern
meines Wesens. Die Summe meiner Eigenschaften, war
nichts. Gar nichts. Es machte überhaupt keinen Unterschied, ob ich existierte. „Karsten?! Bist du da?" rief die
blubbernde Stimme erneut und klang diesmal schon näher. Ich hatte die Augenbinde beinah fertig gebunden.
Trotzdem sah ich noch, wie sich eine dürre knochige
Klaue mit faltiger fleckiger Haut durch die halb geöffnete Türe schob.
Dann hatte ich endlich die Binde angelegt und sah, Gott
sei Dank, nur Sabrinas wunderbares Antlitz vor mir, als
sie die Tür ganz geöffnet hatte.. „Hey Schatz. Was ist
los? Was soll diese Augenbinde? Ist dir was passiert?"

Ihre Stimme klang jetzt wieder so voll und lieblich wie ich sie in Erinnerung hatte. „Eine Augenentzündung. Nichts Wildes. Ich erzähle dir Morgen mehr darüber. Lass uns jetzt einfach ins Bett gehen." Ich nahm sie an ihrer warmen und etwas feuchten Hand und so gingen wir gemeinsam ins Schlafzimmer, wo ich mich einfach dem Zauber ihrer Umarmung hingab. Ich mochte ein Nichts sein, aber zumindest dieser Moment gab meinem Leben einen Sinn. Während ich die Zärtlichkeit genoss und halbwegs erfolgreich all die schrecklichen Bilder der letzten Stunden ausblendete, beschloss ich nach dem Buch zu suchen und es zu zerstören. Es gab ganz einfach Wahrheiten, die niemand kennen sollte.

Risse im Himmel

Irgendwie hatte ich schon immer gespürt, dass etwas mit unserer Welt nicht stimmte. Es war nicht wirklich so, dass ich mit meinem Leben nicht zufrieden war. Jedenfalls nicht über das übliche Klagen über zu viel Routine oder die verzweifelte Suche nach dem Sinn hinaus, was ja nun einmal Dinge sind, mit denen fast jeder in seinem Dasein irgendwann einmal konfrontiert wird. Es war einfach nur ein unbestimmtes Unbehagen. Ein vages Gefühl von Unwirklichkeit.

Aber in Großen und Ganzen ging es mir recht gut. Ich mochte die meisten meiner Mitmenschen, ich liebte die stets verschneiten Straßen unseres kleinen beschaulichen Dörfchens, die hell erleuchtete Kirche, die für mich eine ganz besonders Atmosphäre versprühte, obwohl ich nicht übertrieben fromm war, und vor dem wir uns regelmäßig mit unserer Dorfgemeinschaft versammelten, um einfach nur die klare und doch verspielte Architektur zu bewundern. Und natürlich, um dem Architekten still Respekt für seine beachtliche Leistung zu zollen. Zu diesen Gelegenheiten suchte ich die Kirche immer gerne auf. Den regelmäßigen Gottesdiensten hingegen blieb ich lieber fern. Lediglich zum alljährlichen Lichterfest oder zu „Weihnachten", wie es die Stimmen der Götter nannten, nahm ich auch an den religiösen Zeremonien teil.

Wer die Kirche gebaut hat und wie alt sie ist, wissen wir nicht. Genauso wenig wie einer von uns auch nur den blassesten Schimmer davon hatte, wer unsere Wohnhäuser und all die anderen Gebäude in unserem Dorf einst errichtet hat.

Manche vermuten dahinter das Wirken der Götter. Jener Götter, deren Gesichter von Zeit zu Zeit am Nachthimmel auftauchen und deren Größe und Macht uns jedes Mal vor Ehrfurcht erstarren lassen. Ich aber glaube das nicht. Natürlich sind die Götter mächtig. Aber sie haben sich nie auch nur im Geringsten für uns interessiert. Sie haben ihre eigene, unvorstellbar große Welt, in der sie schalten und walten, wie es ihnen beliebt. Wenn sie sich überhaupt einmal für uns interessieren, so bedeutet das nie etwas Gutes. So sagen die Ältesten und viele der Priester, dass sie dereinst im Zorn über unsere Sünden, die Welt durchgerüttelt und damit ein gewaltiges Erdbeben und noch dazu den schlimmsten Schneesturm in der gesamten Geschichte der Schöpfung ausgelöst hätten.

Einige predigen deshalb Enthaltsamkeit, Bescheidenheit, Demut und Askese. Andere verlangen sogar, dass wir die uralte Tradition der Menschenopfer wieder aufleben lassen, um die Götter zu besänftigen.

Ich halte von all dem äußerst wenig. An der Existenz der Götter besteht kein Zweifel. Genauso wenig wie an ihrer Macht. Aber in den vielen Jahren meines Lebens habe ich noch kein Zeichen ihres Zorns erlebt. Das einzige Gefühl, mit dem sie uns je gestraft haben, war Gleichgültigkeit.

Wahrscheinlich bereitet es all diesen bitteren alten Männern einfach nur Befriedigung den jungen Dorfbewohnern jene Freuden zu nehmen, derer sie überdrüssig geworden oder zu denen sie einfach nicht mehr fähig waren.

Ich jedenfalls werde die Zweisamkeit mit meinem Freund Stefan weiter ohne Reue genießen. Ganz egal was die alten Priester sagen. Für mich ist gerade sie eine heilige Sache. Umso mehr, da aus ihr neues Leben entspringen kann, wenn das Schicksal es so will.

Nicht, dass es besonders wahrscheinlich wäre. Die Frauen in unserem kleinen Dorf gebären nur selten Kinder und auch ich bilde in dieser Hinsicht offenbar keine Ausnahme. Ein weiteres Argument, welches ganz klar gegen Menschenopfer spricht.

Trotzdem gebe ich mich nach wie vor der Hoffnung hin, dass es irgendwann vielleicht doch geschehen mag. Darüber hinaus passiert ja ohnehin nicht viel in unserer Stadt. Einige, vor allem die besonders Jungen und Idealistischen, hatten schon des Öfteren vorgeschlagen neue Gebäude zu bauen oder sogar ein ganzes Vergnügungsviertel zu errichten.

Aber gegen diese Ideen gab es immer wieder massiven Widerstand von ganz unterschiedlichen Seiten. Die Umweltaktivisten beteuerten, wie wenig Bäume es ohnehin schon in unserem Dorf gäbe, und dass der Baumbestand sich von einem solchen Kahlschlag wahrscheinlich nie wieder erholen würde. Die Priester hingegen sind schon ganz grundsätzlich dagegen, irgendetwas an der uns gegebenen Schöpfung zu verändern.

Dass die Jugendlichen in den neuen Häusern Konzerte geben und dort auch andere Musik als jene heiligen Klänge spielen wollen, die von den Göttern zu uns hinüberschallen, hat die Vorbehalte der Kirche auch nicht gerade geschmälert.

Da also keine große Aussicht auf Abwechslung in unserem Dorf besteht, machen wir alle das Beste aus unseren Tagen. Stefan und ich spazieren zum Beispiel gerne durch den Schnee, bauen gelegentlich Schneeskulpturen, spielen Verstecken, lieben uns oder reden einfach nur miteinander. Es ist kein aufregendes Leben im Vergleich zu dem, welches die Götter führen, deren wechselhaften Beziehungen von der Kirche gut dokumentiert sind und über deren Gespräche und Streitigkeiten es immer wieder heftige Diskussionen und verschiedene Auslegungen gibt.

Wir haben uns halbwegs mit unserem bescheidenen kleinen Leben arrangiert, trotz aller nicht zu leugnenden Sehnsüchte und Träumereien. Aber nicht jeder schafft es, sich so gut mit den Gegebenheiten zu abzufinden wie wir.

Einige brachen bereits auf, um zu sehen, was jenseits des Dorfes liegt, doch sie haben auf ihren Expeditionen nie etwas Besonderes entdeckt. Letztlich kamen sie immer enttäuscht, erschöpft und mit leeren Händen zurück. Anscheinend endet unsere Welt am Horizont. Dort wo das Reich der Götter beginnt. Zumindest in diesem Punkt haben die Priester ausnahmsweise recht. Auch alle Versuche sich durch die Erde zu graben und auf diese Weise neue Horizonte zu erschließen, waren vergebens. Unter dem ewigen Schnee – so sagen jene, die es versucht haben – liegt ein hartes, schwarzes und glattes Gestein gegen das selbst unsere härtesten Werkzeuge nur wenig ausrichten können. Einmal hat eine besonders motivierte Frau, deren Name – Nina die Gräberin – noch heute allseits berühmt und berüchtigt ist, es tatsächlich geschafft ein kleines Loch in dieses Gestein zu schlagen. Diese Aufgabe hatte sie am Ende das Leben gekostet und dennoch hat sie nicht mehr freigelegt als eine weitere, weichere Gesteinsschicht, die seltsam porös und splitterig ist. Die Kirche hat sofort jedem strengstens untersagt weiterzugraben und hat „Nina die Gräberin" posthum exkommuniziert und als eine Dienerin des Bösen gebrandmarkt, die ein Tor zur Hölle freigelegt habe.

Und auch wenn mich dieser Aberglaube und die hassgetriebene Hexenjagd der Kirche abstößt, ist an diesem Loch durchaus etwas Unheimliches. Von Zeit zu Zeit schweben von dort kleine Gesteinsstücke nach oben und wer die Stelle – wie auch ich – öfter betrachtet merkt, dass das helle Gestein darunter inzwischen regelrecht angeschwollen ist und von Jahr zu Jahr größer wird.

Einige Apokalyptiker hängen der Theorie an, dass es weiter anschwellen und irgendwann unsere ganze Welt unter sich begraben wird. Eine Betrachtung, der auch manche der Priester etwas abgewinnen können, die ein solches Schicksal als gerechte Strafe für unseren schändlichen Eingriff in die göttliche Schöpfung betrachten. Andere wiederum glauben, dass die Lebenskraft unserer Welt durch dieses Loch hinausfließt, bis sie irgendwann gänzlich verschwindet und unser Dorf leblos und tot darniederliegt. Auch diese Theorie hat Anhänger, obwohl sie in Kirchenkreisen eher nicht so populär ist.

Ich persönlich war bisher gegenüber beiden Erklärungen eher skeptisch. Für mich ist es einfach nur ein Loch. Ein gruseliges Loch zwar, aber am Ende doch nur ein Loch.

Doch inzwischen bin ich eher geneigt solchen Schwarzmalereien Glauben zu schenken. Ganz besonders seit die ersten Risse am Himmel aufgetaucht sind.

Erst waren sie klein, kaum wahrnehmbar, wenn man nicht gerade auf die Dächer eines der Häuser oder auf die Spitze der Tannen geklettert ist, um sie genau in Augenschein zu nehmen.

Aber seit einigen Tagen sind sie größer geworden. Einige von ihnen sehen mittlerweile aus als hätte ein wütendes Tier seine Krallen in das Gewebe der Realität geschlagen. Allein der Anblick dieser Sprünge jagt mir jedes Mal einen eisigen Schauer über den Rücken. Stefan spielt zwar den harten Kerl, aber manchmal, wenn er denkt, dass ich schlafe, höre ich ihn Nachts leise weinen. Wir spüren es beide. Dieses Gefühl, dass unsere Welt an ein Ende gekommen ist. Dass die Kräfte, die sie zusammenhalten nachlassen und dass sie letztlich verschwinden werden. Und zwar nicht irgendwann, sondern schon bald.

Und wir sind nicht auch nicht die Einzigen, die so empfinden. Die Stimmen im Klerus, die Menschenopfer fordern, sind seitdem mit jedem Tag lauter geworden und haben sich letztendlich auch durchgesetzt.

Gestern haben sie Tina geopfert, eine Freundin von uns. Sie haben sie einfach aus ihrem Haus geschleift und ihrem Leben unter dem Singsang der Priester ein Ende gemacht. Wir waren nicht dabei als es passierte. Wir hätten den Anblick nicht ertragen können. Trotzdem fühle ich mich schuldig. Wir hätten in ihren letzten Augenblicken bei ihr sein sollen. Immerhin das hätten wir für sie tun sollen.

An den Rissen im Himmel hat ihr Tod jedenfalls nichts geändert. Sie sind sogar noch größer geworden. Anscheinend ist es den Göttern egal, dass ihre Schöpfung auseinanderbricht. Das zumindest denke ich.

Die Priester hingegen meinen, dass wir einfach noch mehr Opfer brauchen. Einige ketzerische Stimmen behaupten auch, wir sollten nicht zu den Göttern beten, sondern alle zu dem seltsamen Loch im Boden pilgern und dem dunklen Herren des Lochs huldigen. Nur er könne uns beschützen. Auch sie verlangen Menschenopfer. Insofern ist es mir egal für wen wir sinnlos sterben.

Dabei weiß ich selbst nicht, was uns sonst helfen kann. Praktischere Naturen schlagen vor, die Risse irgendwie zu kitten. Vielleicht mit dem Holz aus den Wäldern oder mit Material aus unseren Häusern. Aber selbst wenn sie es schaffen würden, ohne zuvor für dieses Sakrileg von der Kirche geopfert zu werden, glaube ich nicht, dass es viel helfen würde. Unsere Welt ist verdammt. Und alles was ich noch tun kann, ist jeden Moment zu genießen, den ich noch an Stefans Seite verbringen kann. In der Nacht hören wir seit einiger Zeit knirschende Geräusche. Sie erklingen von überall her und erschüttern uns zutiefst. Aber wir versuchen, sie so gut es geht zu ignorieren.

Inzwischen trauen wir uns beide nicht mehr vor die Tür zu gehen. Zu gespenstisch ist der Anblick und das Gefühl einer sterbenden Wirklichkeit ins Gesicht zu sehen. Wir liegen seit Tagen nur noch in unserem Bett, halten uns im Arm und lauschen ängstlich auf das Klopfen der Priester, die uns zur Kirche schleifen wollen. Oder auf das Ende unserer geliebten, kleinen Welt …

„Mami. Meine Schneekugel hat Risse." plärrt das kleine Mädchen traurig.

„Dann wirf sie weg, Schatz.", sagte ihre Mutter, die gerade den Baum geschmückt hat und ins Zimmer gekommen ist, um nach ihrer Tochter zu sehen.

„Kann man sie nicht wieder ganz machen?"

Die Mutter schüttelt den Kopf. „Das geht leider nicht so leicht. Aber ich kauf dir einfach eine Neue." Als sie ins betrübte Gesicht ihrer Tochter sieht, fügt sie hinzu: „Oder weißt du was? Wir gehen morgen noch vor der Bescherung zusammen in die Stadt, dann kannst du dir selbst eine ganz Besondere aussuchen. Es kann doch nicht sein, dass du Weihnachten ohne Schneekugel feiern musst." Sie lächelt ihre Tochter liebevoll an.

„Oh ja!", sagt das Mädchen aufgeregt, hebt die Schneekugel vom ihrem Platz im Regal, unter dem sich bereits ein kleiner Wasserfleck gebildet hat und macht sich mit der tropfenden, rissigen Schneekugel auf den Weg zum Mülleimer. Morgen würde sie eine nagelneue Kugel in den Händen halten. Eine noch viel Hübschere.

Sie öffnet den Deckel des Mülleimers, wobei ihr ein intensiver Geruch nach Küchenabfällen und Speiseresten entgegenkommt. Sie rümpft die Nase, wirft die Kugel schnell in den Eimer und entfernt sich ohne noch weiter darüber nachzudenken.

Der Deckel fällt zu und sperrt jegliches Licht aus. In vollkommener, vom Geruch nach Verfall erfüllter Dunkelheit, stürzt das kleine Schneekugeldorf einige Sekundenbruchteile lang hinab, bis es mit einer Dose kollidiert und in tausend Splitter zerbricht.

Das Wasser strömt in einer gewaltigen Flutwelle aus dem kleinen Dorf und der Schnee wird dabei ein letztes Mal kräftig aufgewirbelt.

Der Kirchturm knickt ab, aber die meisten Häuser bleiben trotz des Sturzes intakt. Lediglich einige der kleinen Figürchen wurden wild umher geschleudert. Jene Unglücklichen, die dieses Armageddon überleben, werden vermuten, in der Hölle gelandet zu sein.

Sie irren sich. Die wahre Hölle würde noch kommen. Denn wenn man einmal darüber nachdenkt, ist „Hölle" ein durchaus passendes Wort, um eine Müllverbrennungsanlage zu beschreiben, wenn man nur die richtige Perspektive einnimmt.

Nachwort

… und sie litten und verzweifelten bis an ihr Lebensende. So also endet dieses Buch, selbst wenn der Leidensweg für viele Protagonisten noch nicht zu Ende ist. Und auch wenn wir die Einbände ihrer kleinen, dunklen Märchenbücher nun vorerst mit einem Knall zuschlagen und sie sich selbst überlassen, gibt es noch eine Menge zu Erzählen. Denn diese Kurzgeschichtensammlung ist nur der zweite Band einer Serie, bei der ein jedes Buch neue Geschichten zu einem anderen gruseligen Überthema zwischen seinem Einband versammeln wird. Im ersten Teil haben wir die kalten Tiefen des Weltalls bereist und nun die Märchenwelt betreten. Was wartet wohl als nächstes?

Ihr werdet es früh genug erfahren …

Angstlust
Kalt wie das All

Seitenzahl: 200
Preis (Buch): 8,99 €
Preis (E-Book): 3,99 €
Verlag: Books on Demand
ISBN: 9783752838824

Erhältlich bei: BoD,
Amazon und überall im
Online-Buchhandel.

Hinter der letzten Grenze wohnt grenzenlose Angst.

Ob außerirdische Pflanzen, extraterrestrische Drogen
oder die Vernichtung der Menschen durch fremde Zivi-
lisationen - und durch sich selbst. Die Geschichten im
ersten Teil der Kurzgeschichtensammlung "Angstlust"
berichten von der Grausamkeit des Alls, den Tücken
unserer Zukunft und der ewigen Kälte, die uns wachsam
belauert und nur darauf wartet ihre Klauen nach der
kleinen blauen Kugel auszustrecken, die wir unsere Heimat nennen. Also zieh deinen Raumanzug an und ma-
che dich bereit. Denn zwischen den Sternen ...

... lauert die Kälte.

Knochenwald
Horror, Schneidmaden und Zitronenbonbons

Seitenzahl: 636
Preis (Buch): 17,99 €
Preis (E-Book): 7,99 €
Verlag: Books on Demand
ISBN: 9783752851366

Erhältlich bei: BoD,
Amazon und überall im
Online-Buchhandel.

In seinem Privatlabor in Süddeutschland entdeckt der
eigensinnige Forscher Professor Arnold Wingert den
Zugang zum Knochenwald, einer fremdartigen, düsteren Parallelwelt voller mysteriöser und gefährlicher Kreaturen, für die er eine fatale Obsession entwickelt. Als
Berichte über den Tod des Forschers seinem alten
Freund und Kollegen Doktor Jonathan How zu Ohren
kommen, entschließt dieser sich, das Schicksal von Arnold Wingert auf eigene Faust zu ergründen. Denn die
Aufzeichnungen, die sein Freund ihm vor seinem Tod
hat zukommen lassen, sind grotesker als alles, mit dem
der Biologe je zu tun hatte. Ehe er sich versieht, findet
er sich im Mittelpunkt von Ereignissen wieder, die das
Antlitz der Erde für immer verändern könnten. Und er
ist nicht der einzige …